L'OUVERTURE DU CIEL AUX QUATRE SAISONS

Édition : BoD • Books on Demand GmbH, In de Tarpen 42,
22848 Norderstedt (Allemagne)
Impression : Libri Plureos GmbH, Friedensallee 273, 22763
Hamburg (Allemagne)
ISBN : 978-2-3225-2041-1
DÉPÔT LÉGAL : SEPTEMBRE 2024

L'OUVERTURE DU CIEL AUX QUATRE SAISONS

Le microcosme du village

Francis André-Cartigny

Remerciements à Marie Puech pour son assistance.

Ne crée de coutume ni n'en brise. (Proverbe irlandais)

La photographie sur la couverture représente Contz-les-Bains en Moselle, village réputé pour le lancement de sa Roue Enflammée à la Saint Jean, selon *Miranda Green dans « Mythes Celtiques ».*

Résumé

L e village sur la couverture du livre semble dormir. Rêve-t-il ? Le rêve par son incohérence se livre difficilement à son interprétation, il est le produit de la conscience hors du contrôle de la raison, donc inexprimable à la manière d'un symbole.

Le clocher ne dort jamais, il ne rêve donc pas et reste sous le contrôle de la raison, celle que l'on refuse ou que l'on perd. Il sonne angélus, vie, mort et fêtes en écho aux évènements cosmiques inscrits sur le carrousel du cycle.

Oui, le village rêve de crues menaçantes, de canicules écrasantes, de moissons vertes, de vignes peu généreuses etc. En effet les saints protecteurs ont déserté l'éphéméride devenu un mille feuilles d'illustres faux prophètes. Le village va-t-il transcender « son rêve » et tomber dans un sommeil profond comme la belle au bois dormant ? Quel chevalier courageux chassera le dragon pour le délivrer ? Un saint sauroctone ?

Que contient ce livre ?

Du même auteur

- La Roue Enflammée de Contz-les-Bains, sous-titré « Des Rites et du Langage dans la Vallée de la Moselle », Fensch Vallée 2000.
- Le Temps de l'Enfance en Lorraine, sous-titré « Pays-des-Trois-Frontières - Sarre - Luxembourg », La Geste 2021.
- Le Culte des Fontaines au Duché de Lorraine et dans l'Électorat de Trèves (L'aspect alchimique de la Saint Jean), BOD 2023.
- Petite Grammaire Luxembourgeoise, BOD 2023 seconde édition.
- Une Saint Jean Initiatique en Lorraine sous-titré « Des origines celtiques aux Chevaliers de Saint-Jean à Sierck », BOD 2023.
- Rettel le village des Chartreux en Lorraine, BOD 2023.
- Aperçu sur les enjeux linguistiques en Moselle et au Luxembourg - BOD 2023.
- Metz Quinze Août1940 - Un diocèse à la croisée des chemins, BOD 2024.

Collection de l'Aubépine

- 1.La Spirale des Cycles - De la Genèse au Monde Moderne, BOD 2022.
- 2.La Spirale et l'Absolu - Pèlerinages, médiations, miracles et influences spirituelles dans les trois religions monothéistes, BOD 2022.
- 3.La Spirale et la Dame du Verger - Saint Bernard et la Médiation Mariale - St Thomas-sur-Kyll (Trèves) - Marienfloss (Sierck-les Bains) - Marie en Islam, BOD 2022.
- 4.Introduction aux Paraboles de Jésus - Textes canoniques et apocryphes de Thomas, BOD 2022.
- 5. Les Rois Mages et les Trois Mondes, BOD 2022.

Note à propos du présent ouvrage

- Tous les mots étrangers apparaissent en écriture *italique*.
- Le terme «germanique» désigne une expression allemande dialectale codifiée en ***italique gras***.
- Pour tous mots suivis d'une étoile * consulter si besoin, le lexique en annexe.

Liste des illustrations

Préface

La traversée de nos campagnes offre au voyageur des paysages diversifiés rassurant en apparence, de nombreux villages. À leur centre se dresse un clocher tel un berger entouré de son troupeau.

L'urbanisation toujours plus gourmande dévore la belle campagne et s'avance inexorablement telle une marée. Elle engloutit les belles terres, les prairies grasses, les vignes, les hameaux etc. Le rail et l'autoroute tranchent telle une lame la glèbe et les remembrements rasent bocages et gomment les sentiers millénaires.

À l'origine de cette boulimie urbaine un progrès sans fin signe notre sortie irréversible de l'ère agraire. Ce phénomène de nos temps modernes nous renvoie à la question philosophique d'un équilibre antinomique rompu au détriment des lois cosmiques, entre le temps compressif et l'espace expansif, le temps dévorant l'espace.

Depuis la nuit des temps, les campagnes vivaient selon le rythme des saisons. Proches de la nature les paysans craignaient le ciel, celui qui fait la pluie et le beau temps, mais aussi les gelées nocturnes et d'autres calamités.

Les Gaulois redoutaient l'effondrement de la voûte céleste sur leur tête. L'espace naturel constituait leur temple et le ciel formait son chapiteau. Nos villages restent les légataires des vieilles cités antiques conçues selon les lois cosmiques à la manière des villes étrusques.

L'année s'écoulait selon le rythme solaire et lunaire afin de vivre en harmonie avec le cosmos, le ciel, celui qui fait la pluie et le beau temps et dont tout dépend. Cette vision du temps et de l'espace se veut symbolique afin d'établir la relation de la cité, le microcosme avec le macrocosme selon la loi d'émeraude : « *Ce qui est en bas est en haut et ce qui est en haut est en bas* ».

Le symbole permet de saisir cette relation inexprimable par la parole entre Ciel et Terre, tel un « *petit croquis valant mieux qu'un long discours* ». Nos cités modernes ne répondent plus à ces lois de correspondance jadis garantes de l'harmonie entre le ciel et la terre.

Le Christianisme a repris sous des formes diverses les fondements de ces symboles païens, les règles cosmiques et leurs symboles sont universels.

Jusque dans les années 1950-1960 le village vivait encore selon des règles traditionnelles, sa lente « dé-spiritualisation » ayant commencé bien avant le milieu du 20ième siècle. Ce que nous considérons folklore ne représente que la dégénérescence de pratiques et d'enseignements traditionnels qui par leurs principes de « permanence » restent universels.

Le mal rural

La cité rurale d'aujourd'hui, progressivement liée ou intégrée dans de nouvelles entités administratives, comme les intercommunalités, perd ses marques et risque de disparaître.

Dans cette perspective, il convient de conserver l'identité de son terroir dans lequel tout citoyen se reconnaît. Il ne s'agit pas de ressusciter une guerre des clochers, mais au contraire d'entretenir l'identité villageoise inscrite dans sa région.

La Commune doit pouvoir rester en mesure de conserver l'initiative dans l'entretien de son patrimoine et de sa mémoire collective à transmette à tous ses membres nouveaux ou anciens.

Ce renouveau rural inspiré par sa « Région historique » doit s'accomplir par lui-même et pour lui-même et de façon participative avec chacun, non pas seulement dans un souci exclusivement touristique mais dans un projet culturel populaire afin de reconstruire un lien relationnel entre concitoyens. (1)

Certes la « vocation sportive », professe la solidarité par le sport. Les centres d'activités socio-culturelles ne manquent pas d'imagination. Pour les plus anciens à l'antichambre des maisons de retraite, des après-midis récréatifs leur sont proposés ainsi que de grands voyages etc. Cependant ces actions stigmatisent les différences existantes entre classes sociales et les âges, sources de clivage sociaux et politiques.

L'église d'antan par ses actions représentait une véritable source de solidarité avec l'engagement quasi unanime de la population. Elle a perdu le monopole du lien social dans les années 60 avec la sortie de l'ère agraire. Devant le vide laissé par cette situation, d'autres activités laïques à l'initiative des communes prirent le relais, essentiellement dans un domaine festif.

À notre époque agnostique, ce sont les courants de pensées qui gouvernent les esprits et les divisent.

---

(1) Certains villages, dont Rodemack en Moselle, ont réussi à associer et à fédérer leurs concitoyens dans ce domaine depuis plusieurs dizaines d'années dans un projet patronné par l'association « Un des plus beaux villages de France ».

Prélude

Soleil du Matin

Au sortir du sommeil notre regard se porte spontanément vers la fenêtre de notre chambre alors que les premières lueurs du jour et mille autres minuscules sources de lumière percent nos volets. Sortie des ténèbres la moindre clarté éblouit et rend optimiste, convaincu qu'une belle journée s'annonce pour ce « week-end ». Ouvrons nos fenêtres et poussons nos volets, alors que sonnent déjà onze heures au clocher. Notre jardin s'offre à nous. Quel beau jardin ! Certes...

N'avons-nous pas manqué le plus beau spectacle de la naissance de cette journée magnifique bien avancée, alors que nous étions plongés dans un sommeil réparateur d'une semaine de travail ? Si !

Aux premières heures du matin, la rosée fraiche rehaussait l'éclat d'une luxuriante végétation sous le bourdonnement de mille insectes laborieux. Les températures encore basses, voire très fraiches s'annulent instantanément sous le moindre rayon solaire pour nous envahir d'une douce chaleur. Voici nos acanthes ! Leurs grandes feuilles exubérantes pourtant solides, généralement gourmandes d'eau, appellent à la pluie !

Sous une pluie d'Été la nature se révèle bien plus belle encore. À peine l'averse éloignée, jaloux le Soleil réapparaît et nous déclarons le préférer. La chaleur et le beau temps permanent répondent à la culture nouvelle de nos sociétés urbanisées à l'image d'une classe sociale favorisée confortablement installée aux bords de sa piscine.

Les légumes des potagers de nos générations précédentes ont disparu devant les pelouses et les fleurs de la pampa. Ce mode de vie anglo-saxon gagne peu à peu toutes les classes sociales moyennes.

Au bout de quelques beaux jours agrémentés de belles températures, nous ouvrons le jet. Or, c'est de l'eau tombée du ciel que réclame la nature et nos agriculteurs ! La permanence d'un climat exotique devrait nous apparaître rapidement monotone. Mais non, nous fuyons la pluie comme le confirme nos destinations trimestrielles vers le Soleil exotique ou le Soleil de nos Alpes sous la neige.

Loisirs et tourisme gagnent notre mode de vie et reflètent la nature nouvelle de notre économie en panne de création de richesses.

Nous préférons le Soleil et nous ignorons la Lune, mère de l'eau et de la levée des semis. Les peuples germains avaient-il raison ?

En langue germanique *die Sonne* désigne le Soleil du genre féminin, alors que *der Mond* soit la Lune maîtresse de l'eau, *das Wasser*, neutre. Ces peuples d'Outre-Meuse reconnaissaient à ces deux astres des pouvoirs divins en couple. Le rôle et la place de la femme de ces sociétés à l'origine nomades, différent de ceux de la femme des peuples latins, tout du moins linguistiquement parlant. Ces derniers attribuent une prédominance masculine au divin. Les sociétés germaniques et druidiques représentaient la divine féminité sous les traits d'une fée.

Cependant toutes les traditions fêtent le retour de la lumière, du Soleil, et c'est bien la Fée, qui porte cette lumière qu'elle offre aux hommes, comme le traduit les quelques lignes suivantes, intitulées « Les *Banshee *,* les Dames Blanches ».

Nous vous proposons ce modeste poème en l'honneur d'un petit matin de Premier Mai quand apparaissent les aubépines, les Dames Blanches, les fées ou les *Banshee ** irlandaises, à la sortie de la nuit merveilleuse de l'arrivée du Printemps celtique *Beltaine*. Ce matin-là toute la nature se réveille parée d'une robe blanche immaculée, « enceinte » des fruits et des récoltes. Et cela justifie que ce mois « dit de Marie » nous apporte l'eau nécessaire.

Ce petit aperçu à propos de la première saison de l'année traditionnelle nous amène à découvrir comment ces sociétés anciennes concevaient symboliquement la création de la lumière, du Soleil et des saisons.

Les Dames Blanches

Les Banshee à l'aube du Premier Mai

L'eau de la fontaine reflète la Lune frissonnante,
L'écrevisse rêve alors épouser l'Astre d'argent.
Mais voici la grande nuit confuse et inquiétante.
Les Dames Blanches abandonnent les aubépines blanches.
Elles envahissent les vergers blancs les vallées et la lande.
La chouette effrayée quitte les buissons ardents.
Plus aucun souffle n'anime la nature flamboyante.
Les Dames Blanches s'avancent.

Les moineaux que cette ronde épouvante, se blottissent en silence.
Elles dansent, dansent et dansent.
Elles emportent qui s'aventure ou s'avance.
Elles dansent et chantent la romance.
Dans cette folle nuit des anges, les Dames Blanches « farandolent » en transe.

Le coq sommeille encore.
Mais qu'il chante et annonce la délivrance !
Réveillé par la divine rosée, enfin il annonce
Le retour du Soleil dans sa magnificence et dans sa glorieuse renaissance.

Chantez merles ! Sifflez moinillons et en chœur reprenez !
Sonnez matines, angélus et clochers ! Éclatez églantiers !
Ouvrez-vous muguets, aubépines, fleurs des champs et prunelliers !
Butinez abeilles ! Trottinez chevreuils et sangliers ! Sautez lapins !
Chantez cascades, sources et ruisseaux !
Émerveillez-vous écrevisses !
Gazouillez jets d'eau et chantez l'éternel retour triomphant !
Emplissez vos cœurs de ses rayons d'or !
Reviendront les souffrances et la mort !

La Rose de Noël promet le retour des Dames Blanches
Pour une nouvelle nuit effrayante.
Baies rouges et feuilles sanglantes tomberont
Pour un voyage étrange,
Si les oiseaux ne les mangent.
*Les Banshee * préparent en secret la prochaine nuit terrifiante*
Rêve l'écrevisse sous la Lune d'Argent !

Introduction

Présenter son village comme un microcosme à l'heure où la technologie et la mondialisation règnent en maîtres et abolissent toute notion spatiale. Il ne s'agit pas, bien entendu, du village d'aujourd'hui, mais de ceux des années 1950, qui depuis les progrès de la communication se sont ouverts, perdant ainsi leur essence.

Un microcosme, comme son nom l'indique, est l'image par mise en concordance au macrocosme selon le principe d'Hermès, « *ce qui est en haut est ce qui est en bas* ». Le village fonctionnait d'une certaine manière comme une cité ou une communauté organisée selon le modèle de l'Univers. Il s'agit d'une vision philosophique et donc symbolique et convenons qu'elle reste totalement théorique. Toutefois les populations agraires, dans la profondeur de leur conscience, restaient attachées à des traditions d'un autre âge, répondant à leurs activités agricoles millénaires ayant traversé le temps, intactes, soumises aux caprices du temps notamment aux passages d'une saison à l'autre. Chaque paysan savait lire le temps à venir dans les messages de la Lune ou de ceux de la girouette du clocher de la nature ou du ciel, de la saison à venir ou encore le temps qu'il fera, que confirmaient les paroles d'un bon saint du calendrier.

Les grands bouleversements provoqués par deux guerres mondiales n'ont pas dilué les valeurs traditionnelles transmises de génération en génération et l'attachement des paysans à leurs terres. C'est le sens même du mot « paysan » qui signifie « vivre dans un pays ».

Nombre de petites fermettes disparurent peu à peu, faute de rentabilité et par manque de terres nouvelles face au processus d'industrialisation de l'agriculture. Les petits exploitants trouvèrent un modeste emploi d'appoint à l'usine, aux chemins de fer etc., nécessaire à la survie de leur activité agricole réduite à leurs besoins afin de poursuivre un mode vie traditionnel. Dans les années 1960, le tas de fumier devant les maisons ne faisait pas honte. La religion représentait encore le lien social le plus fort. Si le Maire était respecté, le curé détenait encore le pouvoir par la parole à la manière des traditions ancestrales, voire millénaires. Le culte religieux restait incontournable et les Dimanches tous les bancs de l'église étaient remplis. Le statut concordataire de nos régions de l'Est de la France pérennisa cette fidélité aux valeurs traditionnelles.

Armés de solides convictions, les villageois faisaient cependant preuve d'un esprit pragmatique. S'ils s'en remettaient à la Providence, ils comptaient peu sur les miracles pour améliorer leurs difficiles conditions d'existence. En revanche ils avaient conscience qu'une large part du fruit de leur labeur dépendait du ciel, de celui qui fait la pluie et le beau temps ici-bas, et pratiquaient l'adage « *Aide-toi, le ciel t'aidera* ».

Le calendrier civil était ni plus ni moins le calendrier liturgique de l'Église Romaine. Celle-ci héritière de la Rome impériale, ne put christianiser totalement le « sanctoral » chrétien, lors de la christianisation de la Gaule et dans les autres pays celtiques comme l'Irlande, l'Angleterre, la rive gauche du Rhin et les pays alémaniques telle la Suisse et l'Autriche. La résistance paysanne fut plus forte et ce n'est qu'après d'âpres « compromis » et de concessions aux populations restées fortement attachées à leurs croyances païennes, notamment aux divinités guérisseuses. Au 12ième siècle Saint Bernard de Clervaux, mandaté par Rome vient exhorter les évêques de Lorraine et de Trèves, ne plus tolérer les pratiques druidiques toujours vivantes sur les hauteurs des massifs Mosellans, Rhénans et de l'Eiffel. Le celtisme ou le druidisme en parfaite communion avec la nature comme le démontre son calendrier lunaire, a amplement imprégné les structures jusqu'à nos jours, et le monde agraire y resta fidèle jusqu'au milieu du 20ième siècle.

Ainsi jusqu'à la réforme du temps du travail et des congés, notre calendrier répondait au rythme agraire des huit « six semaines » ou demi-saison, leurs ouvertures étant présidées par un bon saint protecteur sorti des vieilles mythologies celtiques ou germaniques utiles, par leurs conseils à la conduite de l'activité agricole. Nous vivions comme nos ancêtres, mieux certes, toutefois selon leurs préceptes et dans le culte des morts, une autre survivance des traditions antiques.

La mécanisation, les progrès et les besoins industriels ont bouleversé le monde agricole soumis aux remembrements gommant les appellations millénaires les appellations de nos lieux-dits, sentiers et chemins figurant sur le cadastre, véritable livre d'histoire des campagnes. Et c'est aussi tout un savoir et toute une sagesse, les deux mots ayant un sens commun, qui a disparu à l'origine de nos imprudences envers les campagnes, c'est-à-dire en fait la Terre. Le temps est à la réparation certes, mais nos recettes relèvent de l'industrie...

L'auteur né au cours de la seconde guerre mondiale a grandi dans ce monde peu avant sa métamorphose où toutes les fêtes égrenaient le quotidien du village selon le calendrier liturgique et dans un faste qui fait scandale aujourd'hui. En fait rien n'était trop beau pour Dieu. Ces écrits apporteront certainement une image stéréotypée de ce « microcosme » où le quotidien d'antan répondait à l'écho d'évènements cosmiques inscrits dans nos calendriers.

Chapitre I
La porte du Ciel

L'ouverture du Ciel

Pour répondre aux lois cosmiques, les sociétés anciennes organisaient leur vie spirituelle et sociale selon la « loi de correspondance » selon l'adage de la Table d'Émeraude : *« Ce qui en haut est en bas et ce qui est en bas est en Haut »*. Ainsi chaque cité constituait un microcosme comme le rappelaient les règles de construction de nos villages et même de nos habitations. Le fruit des activités agraires, également soumises à la volonté céleste, faisait l'objet de vénérations diverses inscrites dans un calendrier essentiellement religieux. Les récoltes et particulièrement les céréales pour leurs grandes qualités nutritives recevaient une place privilégiée tant sur la table que dans les offrandes aux divinités.

Ainsi dans nos sociétés occidentales, la table et le repas représentaient jusqu'au 20ième siècle un moment privilégié de partage du pain et un acte de régénération des liens familiaux et même religieux.

Monsieur Ânandâ K. Coomaraswamy dans la première partie du chapitre « Le Symbolisme du Dôme » de son ouvrage « La Porte du Ciel » (2 page suivante) écrit :

La construction d'une maison est une imitation de la création du monde. Notamment l'œuvre des Trois Ribhus des Rig Veda. Les trois personnages l'arpenteur ou le géomètre, le maçon et le charpentier, sont les hommes intermédiaires, c'est-à-dire des trois dimensions de l'espace. Il leur est demandé de créer un espace habitable. Ils ont divisé la coupe comme s'ils mesuraient et partageaient un champ dans l'espace. La rotation spatiale est créatrice d'étendue nouvelle. Cette action évolutive se transformera en action involutive et mettra fin à l'œuvre des trois personnages. Ainsi les quatre coupes se refonderont dans la coupe solaire d'origine.

Le partage de la coupe en quatre symbolise la création des quatre points cardinaux correspondant à l'apogée d'une saison : équinoxes et solstices. Des saisons dépendent notre agriculture. Ce schéma s'impose également dans la construction de l'habitat et de son ensoleillement. Cependant les points cardinaux de la maison marquent l'entrée du Soleil dans les ouvertures, portes et fenêtres, et marquent l'apogée de l'ensoleillement du moment de la journée.

Dans son ouvrage « La Porte du Ciel » Monsieur Ânandâ K. Coomaraswamy écrit :

« Nous avons décidé de vivre que de pain seul » et aussi : *« Tous les rites agraires et architecturaux ont un rapport avec le pain ».*

Il précise encore :

« ... si c'est un pur hasard que l'oubli du caractère sacré de l'agriculture et la négation de la signification spirituelle du pain

(2) Dervy – 2008
(3) Albert Gleizes « Vie et Mort de l'Occident Chrétien » chez Sablons en 1930 et précisément à la dernière partie de son livre consacré au « Mystère du pain et du vin ».

ait pu coïncider avec le déclin de la qualité du produit lui-même... »

À propos de cette remarque, L'auteur renvoie le lecteur au livre d'Albert Gleizes « *Vie et Mort de l'Occident Chrétien* », au chapitre « Mystère du pain et du vin ».

Le pain est le fruit de la création divine et du travail de l'homme exécuté en harmonie avec les règles cosmiques. De même que l'architecture et la construction d'une simple maison répond aux mêmes règles.

On osera dire que la construction du *Pater Noster* est analogue à celle de la maison du pain quotidien placé au centre de la prière, de même que le pain de vie et le pain de justice et de la paix, celui que l'on mérite. Ainsi labour et labeur se rejoignent comme le démontre l'étymologie de ces deux termes.

Le vocabulaire de l'agriculture et de l'architecture le rappelle également :

L'agriculture : ***Ackerbau*** en allemand.

L'agriculteur : *de Bauer* en germanique.

Le constructeur ***de Bauhär*** en allemand. (4)

Finalement « Pain et Pierre » sont liés.

Pour mémoire, Rémus traça les limites des fondations de Rome à l'aide d'une charrue, les sillons symbolisant les murs. Le rite du labourage sacré se nommait en Grec ancien *plorien,* en germanique: ***plouen***.

---

(4) Le substantif monosyllabique **Bau** a donné en allemand **Gebäi**, l'immeuble. *Bau* d'origine sanscrite *Bû* pourrait avoir un lien avec les racines sémites *b* : hébraïque *bnh*, arabe *aben* pour pierre et *Al-Bayt* pour la maison. *Bannâ* en arabe : constructeur maçon ou constructeur et même couvreur. Le maçon construisait le four à pain, en germanique ***Bakuewen*** *et en* allemand *Backofen.* En vieux grec le four à pain c'est *Klibanos.* Ce dernier mot nous donne deux nouvelles racines :
- *Kli>Klaiba,* vieux germanique<*Laib*, pain azyme ou non levé, comme le pain d'un rayon de miel, par exemple. Mais cela signifie encore le pâton ou la masse de pâtes à pain prête en cours de levage : en vieil allemand *Leib*, c'est à dire le corps *Läif.*
- *Banos*, radical, plus éloigné de *bauen,* possède le même sens.

La Provence fabrique des petits pains présentés dans un panier nommé **Banon** qui a donné la fameuse enseigne commerciale « Pain Bannette ».

De Primevères en Colchiques...

Les Primevères ouvrent la Porte du Ciel au Printemps. Dès lors les vaches retrouvent leurs près et broutent sans état d'âme ces belles fleurs. Leur lait en est parfumé et on leur pardonne volontiers leur gourmandise. Viennent les Boutons d'Or. Le reflet doré de leurs pétales placés sous les mentons des enfants nous rappelle le bon beurre d'autrefois. Combien d'autres fleurs viennent surprendre nos prairies verdoyantes ?

Arrivera l'Automne et le temps du regain. La Colchique, la « Fleur de fin de saison » par excellence clôturera la belle saison. Nos vaches dans une dernière gourmandise ne manqueront pas de les avaler aussi.

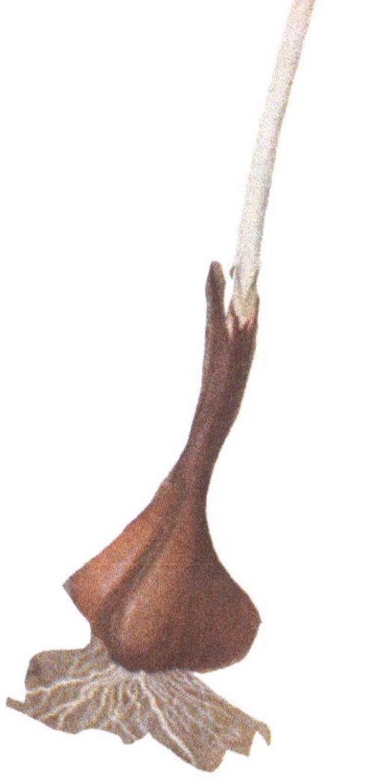

Et puis, l'hiver s'installera peu à peu. Les fleurs et leurs feuilles fanées tomberont en poussière alors que leurs racines entreront en hibernation. Quelques pétales fauchés lors du regain seront engrangés avec l'herbe odorante de la vallée, pour être livrées dans les crèches des vaches dévoreuses enchaînées dès lors dans les étables pour une Hiver bien long, impatientes de retrouver le temps des Primevères.

Le Printemps reviendra. Alors les veaux nés de cet Hiver accompagneront le troupeau dans les prairies bien grasses et fraiches. Sous le regard impassible de leurs mères, ils bondiront heureux, au mépris des frêles fleurs printanières.

Ainsi va le cycle.

L'aventure turbulente du Blé

Dans les dialogues du superbe film « La Femme du Boulanger » de Marcel Pagnol, les habitants d'un petit village de Provence interrogent le nouveau boulanger, fraichement débarqué, à propos de son pain. L'artisan avec son délicieux et authentique accent provençal leur répond : « *Que le pain c'est la nuit qu'on le fait et c'est le jour qu'on le mange !* »

C'est bien cela ! Toute chose se prépare dans le mystère des ténèbres ou de la nuit. Or celle-ci est également le royaume du « Mauvais » et c'est dans la nuit que sa jeune épouse s'enfuit avec un berger !

Pour faire du pain il faut de la farine, de l'eau, un peu de sel et du levain qui gonflera lentement la pâte avant qu'elle soit enfournée. D'autres traditions ou cultures anciennes refusent la levure considérée impure et produisent un pain azyme.(5)

Avant le passage du meunier le récoltant entrepose dans la « chambre à grains », une pièce aveugle du grenier, une part de la récolte sélectionnée avec soin destinée aux prochaines

(5) Azyme du grec *Azumos*, sans levure : a privatif et *zyme* : enzyme

semailles. Hors de la lumière et de l'humidité au plus proche du ciel, les grains attendent leur moment.

Avant la fin de l'automne, les terres en plaine ou en plateau, destinées aux semailles, recevaient le fumage avant un labour lent et rythmé. Pour cet ouvrage le bœuf convient le mieux à l'attelage de la charrue. La robustesse et la lenteur de cet animal offre un labourage idéal à l'oxygénation de la terre. Enfin le passage de la herse cassera les mottes résiduelles. Le semeur, dans un rythme constant auquel participaient tout son corps et de toute son âme, arrose son champ de ses graines. Puis à nouveau reviennent la herse et enfin le rouleau.

Les graines en cours de putréfaction, sous l'influence de la Lune, retrouvent vie lors de la période sombre de l'Hiver et des premiers jours du Printemps quand se produit le miracle de la germination. Sorties de terre, de jeunes pousses s'élèvent vers le Soleil, passant de la couleur blanche au bleu, puis du vert au blond et enfin au doré. Dès lors mille dangers guettent encore les cultures : les pluies excessives aux changements de saison, le gel, la neige, les inondations, le ver, les rats, la vermine et parfois l'homme lui-même. Le danger est constant.   La foi paysanne s'en remettait aux Saints de Glace au cours des processions des Rogations et si Dieu le voulait, le danger était écarté.

Arrivé à maturité les éléments naturels se déchaînent à nouveau : l'orage, la grêle, la foudre, le vent et le feu peuvent tout compromettre ! La récolte coupée et liée en gerbes mises au grenier sera battue après d'autres travaux de saison. À l'heure de son martyr, battu, moulu le blé devient farine et de nouveaux dangers le menace dans sa nouvelle forme : les rats et la vermine. À L'entrée du Soleil dans le signe de la Balance, sonne l'heure des foires et du partage. Le paysan songera à rendre à la terre sa part des récoltes remisée dans la chambre à grains en attendant le moment venu. Dans l'obscurité de cette chambre, où l'on naissait et mourait, le blé attend son retour à la terre pour y mourir afin d'assurer le cycle.

L'éternel retour, le cycle

Nos saisons se renouvellent d'années en années comme un éternel recommencement, en apparence seulement. En effet l'éternel recommencement n'est qu'un mythe et une illusion. Comme le démontrent René Guénon métaphysicien ou Ânandâ Coomaraswamy spécialiste de l'hindouisme et Christian Guyonvarc'h éminent celtisant, le temps cyclique s'inscrit par correspondance avec un cycle antérieur, ce qui ne signifie nullement qu'il soit identique. En revanche le monde moderne conçoit un temps linéaire et confond éternité et temps indéfini, or rien ne se répète, c'est une loi métaphysique.(6)

Nos calendriers reposent sur la ronde annuelle de notre planète autour du Soleil en 365 rotations. Au cours de celles-ci la Terre s'incline vers le Soleil progressivement jusqu'au Solstice d'Été, pour se redresser progressivement après trois

(6) Voir « Les fêtes celtiques » de Christian Guyonvarc'h et « Formes traditionnelles et cycles cosmique » de René Guénon.

jours et retrouver progressivement sa position initiale au Solstice d'Hiver. Ce phénomène rotatif journalier de 24 heures entraine une alternance entre un temps ensoleillé et un temps nocturne.

Ainsi les saisons d'un hémisphère à l'autre différent en permanence. Par exemple l'inclinaison de notre globe vers le Soleil provoque au Nord une augmentation de la chaleur et l'Été, alors que le Sud, plus éloigné de l'astre solaire subira une diminution des températures et l'Hiver. Bien entendu tropiques et équateur par leur situation avancée au Sud enregistrent des températures plus élevées qu'au Nord.

Ainsi l'année est partagée entre période claire et période sombre conventionnellement partagées en deux étapes par les équinoxes (nuits égales) : le 21 Mars et les 21 Septembre.

Solstice, du latin *solsticium*, signifie arrêt du Soleil. En effet le temps de son redressement dure trois jours et c'est le moment où l'Été atteint son apogée ainsi que l'Hiver au solstice du 21 au 24 Décembre.

Un solstice représente un évènement cosmique particulier. Le suspend des mouvements inclinatoires de la Terre à ce moment favorise sur elle des effets inhabituels dus à son exposition prolongée aux influences cosmiques. Les campagnes plus à découvert restent plus sensibles à ces phénomènes que les villes. La tradition populaire au cours des millénaires a développé une certaine sagesse (7) qu'elle a matérialisé par des règles, des usages, voir des interdits etc. depuis entrés à tort dans le folklore. Nous reviendrons sur ce sujet. Notons que les variations lunaires influencent également la vie sur Terre.

Notre calendrier actuel nommé « grégorien », créé en 1582, reprend le principe du calendrier romain Julien en corrigeant la durée du temps de rotation de la Terre autour du Soleil. En effet

(7) Sagesse pris dans le sens métaphysique.

l'année comptait 365,25 jours, ce qui à terme révéla un fort décalage du temps calendaire avec le temps réel. On note entre ces deux calendriers une différence d'environ 11 jours, ce qui justifie la Saint Martin fêté au 11 Novembre. Il en va de même pour l'Épiphanie au 5 Janvier.

Notre monde moderne admet entrer dans la saison estivale le 24 Juin, ce qui n'est pas juste. En effet, nous le disions le Solstice représente le point d'arrêt de la montée en force du Soleil arrivé à son apogée, du 21 au 24 Juin avant sa descente progressive jusqu'au 21 Décembre.

Le 24 Décembre le Soleil à sa déchéance extrême, reprendra sa remontée au cours de la nuit de Noël jusqu'au Solstice d'Été.(8) L'Hiver aura donc atteint sa déchéance complète au bout de 45 jours à la Chandeleur le 2 Février, renouveau de la lumière entendu sous l'angle du celtisme.

La philosophie du calendrier celtique repose sur les cycles naturels. Les principes anciens, que reprend en quelque sorte d'une autre manière le Christianisme, signifient que tout débute dans le noir dans les ténèbres : la lumière sortant de ces dernières.

Enfin, il existe une analogie* ou une correspondance* entre chaque cycle cosmique. Une heure est partagée en quatre quarts d'heure, une journée se déroule en quatre étapes carillonnées par l'Angélus et une année se compose de quatre saisons etc. Selon la tradition orientale notre cycle actuel est composé de quatre périodes, analogues entre elles mais non égales en temps, sachant que le dernier temps achèvera le cycle pour un autre. (9)

*

(8)Noël vient de Noe Helio, soit „nouveau Soleil. Cette nuit-là se trouve en perspective de la pleine Lune de Printemps, sa résurrection.
(9)Il s'agit de la théorie orientale, hindouiste des quatre *yugas* selon les Vêdas.

Encore un mot sur l'année lunaire

La Lune considérée planète en astrologie n'est que le satellite de la Terre. Sa circonvolution autour notre planète n'est pas comparable à la nôtre autour du Soleil.

Quelques traditions ont adopté depuis la nuit des temps un calendrier lunaire : Chinois, Musulmans, Hébreux, Celtes, Germains etc. Dans ces sociétés le rôle de la femme prend une place différente que dans celle des traditions solaires latines par exemple. Le calendrier lunaire reste bien plus proche de la nature terrestre, la Lune jouant un rôle nocturne important sur notre globe. Nous savons qu'une pleine Lune fixe le temps. Montante elle agit sur la pousse de la végétation, du rythme et de l'ampleur des marées etc., en favorisant par exemple la germination ou la levée des semences. Une Lune descendante favorisera la pluie ou le retard de la pousse ou des cheveux etc. Une lunaison dure en moyenne 29 jours 12 heures 44 minutes et 2,8 secondes. L'année solaire, comptant 12 mois lunaires de 29 à 30 jours, soit 354 ou 355 jours au total.

Le calendrier Grégorien, le nôtre actuellement, est considéré luni-solaire, non pas qu'il soit composé d'une part de mois lunaires. Pâques, fête mobile, fixée au Dimanche suivant la première pleine Lune de Printemps, décide des dates des fêtes religieuses dites mobiles qui lui sont liées. Bien entendu les fêtes solaires telles que Noël, la Chandeleur, l'Assomption au 15 Août et la Toussaint au 1er Novembre restent immuables. Les mois lunaires conjugués aux jours de l'année impactent par exemple le temps météorologique.

En résumé nos fêtes millénaires points, fixes dans l'espace, furent avant tout agraires : du Soleil et de l'eau nous devons la vie.

Ce bref aperçu à propos des mouvements harmoniques entre les astres, le Soleil, la Lune et la Terre, nous permet d'aborder d'une façon générale la naissance des saisons qui régissent le calendrier dont dépendent l'organisation et les activités agricoles du village et finalement notre quotidien moderne pour nos activités de loisir. Nous aurons relevé que la Lune de Pâques constitue une borne importante de la saison printanière, sur laquelle nous reviendrons. Découvrons à présent le symbolisme de microcosme du Village, c'est-à-dire sa correspondance avec les mystères du Cosmos : « *Ce qui est en haut est en bas et ce qui est en bas est en haut.* »

Nous avons pour habitude de considérer la naissance de l'Hiver et de l'Été respectivement au Solstice de Noël et au Solstice de la Saint Jean, alors que ces derniers marquent l'apogée saisonnière. En fait notre calendrier moderne définit la nature des saisons selon les effets des températures très chaudes après le 21 Juin et très froides après le 21 Décembre.

Le calendrier celtique considérait en revanche, que la nature se préparait à ressusciter au cours de la période sombre, l'Hiver, déclaré au 1er quart montant de la Lune proche du 1er Novembre pour s'achever au 1er quart montant de la Lune, proche du Premier Mai, l'Été. À cette dernière date, la nature se métamorphose avant d'aborder sa déchéance à la Saint Jean puis la canicule de la mi Juillet à mi-Aout représentant son paroxysme.

Notre calendrier romain divise arbitrairement l'année en quatre saisons selon la position de l'astre solaire et de ses effets, alors que le le vieux calendrier celtique reflète les effets des lois naturelles régies par la Lune. Le équinoxes, plus que des moments saisonniers représentaient des points d'apogée des saisons intermédiaires du Printemps à la Saint Joseph, et de l'Automne à la Saint Michel. L'astre solaire apporte chaleur et lumière que modère l'astre lunaire par son pouvoir d'intermédiation. En effet la Lune régularise par humidification et surtout les excès de chaleur que le brasier solaire adresse à la Terre. Nous n'osons pas imaginer que notre monde actuel puisse fonctionner selon un calendrier lunaire.

La Croix basque et les rites ambulatoires

Avant d'aborder le thème de la Croix Basque, il est utile de reprendre les principes exposés dans le chapitre précédent à propos de « l'Éternel Retour ».

La course annuelle vers l'ensoleillement de la Terre débute au Solstice d'Hiver dans la nuit du 24 au 25 Décembre pour atteindre son apogée dans la nuit du 23 au 24 Juin au Solstice d'Été. À ce stade, s'opère un phénomène inverse d'affaiblissement progressif de la lumière, qui atteindra son apogée, entendons pour l'Hiver « son maximum », avant d'entrer dans un nouveau cycle. De cette évidence, on tire une philosophie.

Tout évènement se conçoit dans le sombre pour retrouver la nuit après une avoir connu la lumière. Cette règle universelle s'applique donc à chaque phénomène saisonnier analogue au cycle annuel. Chaque saison à son tour se partage entre une montée en plénitude de 40 à 45 jours et une période de déchéance d'une durée équivalente. Prenons pour exemple l'Été.

La « belle saison » nait donc 45 jours avant son apogée lumineuse à la Saint Jean-Baptiste, soit le 1er Mai. De même l'Hiver celtique naît le 1er Novembre avant de trouver son apogée nocturne après 45 jours à Noël, Solstice d'Hiver. L'année celtique commence ainsi le 1er Novembre, composée des huit étapes alternativement sombres et claires, ce qui lui offre une structure octogonale.

Un « bon saint » chrétien, héritier des croyances païennes bornait jadis chacun de ces stades annuels. Le choix de ces saints patrons ne reposait pas sur des vérités théologiques, mais sur des vérités cosmiques depuis les profondeurs du temps, avec leurs conséquences sur la Terre et la vie.

La Croix basque par sa figure octogonale illustre parfaitement le mouvement rotatif de la Terre autour du Soleil et reprend symboliquement la naissance, l'avancée et la mort de la lumière face à l'obscurité. S'agissant d'un symbole, il répond par son graphisme à la « loi de correspondance. » (10 page suivante).

Le très ancien symbole de la Croix basque trouve son inspiration dans le svastika, formé des quatre lettres grecques « gamma » ou de quatre équerres. Son origine reste mystérieuse et remonte à la nuit des temps. Il apparait dans de multiples traditions anciennes, symbole des quatre sphères saisonnières, comprenant elles-mêmes deux autres sphères réduites en taille, soit au total huit figures analogues.

Le sens profond de sa construction ne se comprend qu'à l'examen de son schéma (figures page 40) et illustre parfaitement les temps de confusion entre une fin et un début de saison. S'agissant finalement d'une croix solaire, le cinquième élément, l'éther passe au centre des quatre points cardinaux en mouvement associés aux quatre éléments.

La croix basque symbolise toute circumambulation

Il s'agit d'une procession religieuse qui se déroule dans le sens des aiguilles d'une montre pour s'aligner dans un mouvement évolutif avec la giration du cosmos. Les circumambulations les plus connues furent celles des Rogations ou de la Fête Dieu. On retrouve de tels rites comme le *Tawâf* musulman autour de la Kaaba. Elle s'associe au mouvement d'ensemble du monde nouménal, c'est-à-dire à celui de la réalité intelligible comme la métaphysique par opposition à la connaissance du sensible ou de la science. À l'inverse, la perambulation s'effectue par la gauche. Celle-ci se pratique dans les églises au cours de l'encensement de l'autel ou d'une procession à l'intérieur des murs dans un mouvement vers la

(10) Le symbole est une mise en correspondance analogique de principes métaphysiques qui président à toute action ou à toute loi dont toutes choses dépendent dans notre univers. Ils peuvent se concevoir sous diverses formes : par une figuration graphique, figurée, visuelle et même sonore, comme la musique ou des sons. Une scène de danse ou de théâtre par ses figures, sa musique et par l'expression des danseurs ou des acteurs. Il s'agit dans ce cas d'un symbole en mouvement. Tout symbole par sa loi de correspondance agit en permanence et offre à priori des influences positives. Inversé, c'est-à-dire une analogie inversée*, offre des influences négatives. Autre exemple encore : les métaux offrent soit des influences bénéfiques comme le cuivre soit négatives comme le fer, pour seuls exemples.
Hélas, il fut notamment détourné par des sectes occultistes de certains milieux pangermaniques dès le 19ième siècle, époque, riche en d'activités spirites ou psychiques qui a vu naître nombre de sociétés secrètes. Le parti National Socialiste allemand « Nazi » en avait fait son emblème qu'il conserva quand il accéda au pouvoir. Il en fit même l'emblème national allemand. Or les chefs de cette organisation inversèrent volontairement le sens des équerres ! Ce fut là le détournement subversif d'un des plus grands symboles bénéfiques communs à de nombreuses traditions du monde entier.
En inversant le sens de la marche du svastika, ce symbole fut dévoyé. Cette manipulation fut accentuée par son utilisation « diabolique » abusive à des fins politiques et abominables. L'action de ce symbole est bénéfique quand il n'est pas inversé ou détourné de son sens symbolique, comme tout symbole d'ailleurs. De la subversion d'un des plus grands signes de l'humanité les nazis en firent un instrument maléfique ! C'est une règle en matière de symbolisme, renversé il agit dans un sens contraire. Et ce n'est pas une affirmation à la légère. Cela eut pour conséquences de créer un amalgame bien regrettable, auprès des populations non averties, de ce type de symbole. Hélas, cela restera ainsi dans l'esprit des générations actuelles et futures pour bien longtemps et ce symbole détourné sera devenu un emblème ignoble, compte tenu des malheurs de l'histoire que rappelle la croix gammée nazi. Et c'est bien cela l'exemple même de l'œuvre de la subversion qui utilise les symboles du sacré à des fins anti traditionnelles et maléfiques ! Et à ce propos il y aurait beaucoup à dire sur les effets souvent négatifs de l'utilisation inconsidérée et irresponsables des autres symboles et souvent incompris par nos contemporains. L'apparition fréquente, plus que jamais de nos jours, de logos de tous genres, falsifiant et créant la confusion entres les symboles authentiques d'ordres religieux ou métaphysiques d'avec des signes parfois fantaisistes, n'est pas toujours affaire d'esthétique innocente !

Rosace Collection Thomas Herber (Rettel)

gauche pour remonter à la source de toute lumière. On retrouve ce rite au cours de la « Nuit des morts » suivant la Toussaint.

La croix basque ou le svastika illustre parfaitement le mouvement giratoire cosmique du cycle solaire composé des quatre points vernaux de montée en plénitude saisonnière et de leurs quatre apogées, soit huit évènements cosmiques annuels.

Le nombre Huit (en germanique *aacht*) symbolise la couronne d'épines d'acacia formée symboliquement par deux figures géométriques carrées disposées de sorte à former un octogone répondant à la structure de notre calendrier solaire.

L'Acacia (racine indo-européenne *ascia*), symbolise la survivance ou la résurrection. Cette plante entrait dans la composition d'aromates utiles à l'embaument des corps.(11) C'est aussi l'éther *akshara* la lumière ou le souffle divin transcendant et signifie indissoluble ou indestructible.(12)

Il est intéressant de s'attarder sur l'œil, qui comporte en germanique que la seule voyelle A. Celle-ci possède la valeur la plus élevée dans toutes les langues indoeuropéennes et sémitiques. Elle symbolise le rayon divin, la parole primordiale. En arabe le son « a » *Alif*, première lettre de l'alphabet, codifiée par une barre verticale à l'image de l'axe, se rapporte à l'état supérieur divin, le son « a » faible, sera codifiée par (*ya*).

L'œil n'est pas seulement réceptif de la lumière, mais il est également source lumineuse. C'est un petit rayon. En sanscrit le

(11) Voir la Mystique ouvrière par Luc de Goustine - Edition Dervy-Livre.
(12) *Ces mots proches entre eux (acacia, axe etc.), auxquels il faut ajouter la hache H, présentent tous la lettre A dans leur radical, parce que c'est elle, et non pas le caractère alphabétique qui constitue l'unité primitive et l'élément fondamental du langage. Toute racine verbale nommée dhâtu en sanscrit, signifie « semence », pour ses possibilités de modifications multiples qu'elle comporte et renferme en elle-même le développement de la naissance du langage. Elle est l'élément fixe et invariable du mot qui signe sa nature fondamentale immuable et auquel viennent s'adjoindre des éléments secondaires et variables représentent des accidents au sens métaphysique ou des modifications de l'idée principale. »* L'homme et son devenir selon le Vêdântâ – René Guénon – Éditions Traditionnelles - Paris

rayon céleste, le premier élément, *aksha_*signifie pénétrer, atteindre, passer à travers, comme l'axe. On aura retrouvé dans la constitution de ce mot la racine *aks*, qui signifie justement axe en sanscrit, comme l'axe mundi. On retrouve cette racine dans *chakshus* qui signifie la vue.

Dans la culture hébraïque l'œil *aïn* et la main *Yod* sont proches. La main donne pratiquement les mêmes informations que l'œil, d'où l'irrésistible envie de toucher tout ce que l'on voit. L'œil représente la lampe du corps et le toucher est un second œil.

L'octogone

Le cube ou le carré symbolise la Terre et la sphère le Ciel. La superposition de deux carrés offre la figure le monde intermédiaire en mutation par rotation successive afin d'aboutir au cercle. L'octogone reprend les points cardinaux et les directions intermédiaires, soit les huit directions cosmiques. La figure symbolise également les quatre éléments: terre, ciel, feu et eau entre lesquels s'interposent les quatre éléments sensibles: chaud et froid, sec et humide. Ces directions désignent les huit points de base du monde subtil et du domaine psychique, au centre desquelles traverse le souffle vital.

Le passage de la Terre au Ciel s'effectue ainsi par la régénération du domaine psychique de l'individu qui appartient par nature au monde intermédiaire. L'eau véhicule cette régénération. C'est le sens véritable du baptême qui ouvre à l'impétrant le passage d'une vie à l'autre par une renaissance grâce à l'eau et à l'esprit. C'est dans la nuit de Pâques ou de la Pentecôte que le prêtre procède à la bénédiction de l'élément vital de l'eau qui servira au baptême. Lors de la consécration de l'eau, le prêtre émet son souffle sur la surface de l'eau, ce qui formera la lettre grecque psy (retournée).

Uecht signifie « vision large ou attention (observation) » Cette expression reste encore couramment utilisée dans nos régions, dans les milieux ruraux précisément. *Uecht* signifie vision, attention, horizon et huit : soit les huit directions de l'étoile d'orientation. Horizon, au 12-13ième siècle était codifié *orison* (sans h), emprunté au latin *horizon-ontis*.

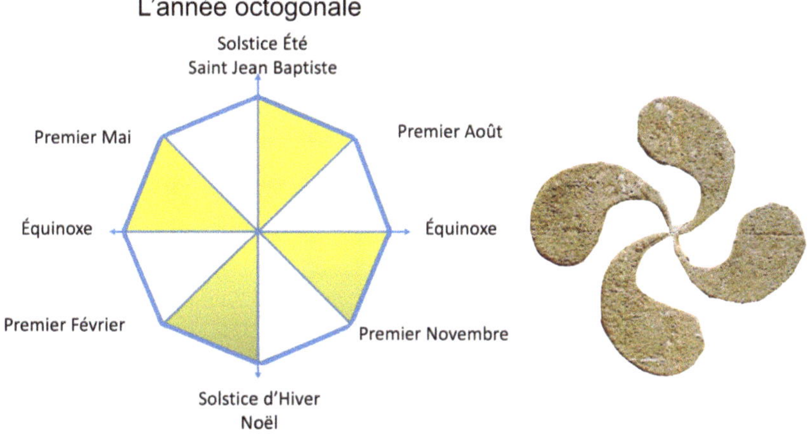

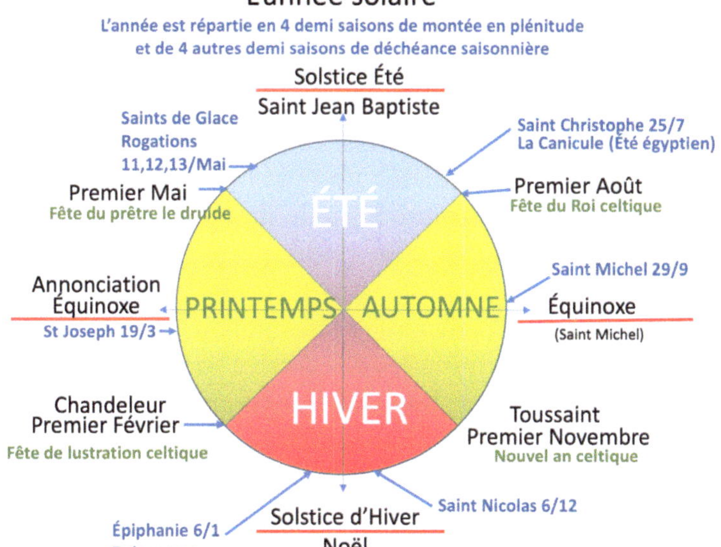

Le calendrier maître du temps

Aux lendemains des fêtes d'ouverture débutaient une période préparatoire, un carême que clôturait un carnaval, véritable parodie et de renversement de valeurs par analogie * à la fin d'un temps. Cette « chienlit » permettait à la société d'expurger ses frustrations et ses contraintes dues aux règles vie astreignantes.

Le christianisme adossait jadis son cycle liturgique à l'année carnavalesque qui débutait par l'Avent dès le lendemain de l'Hiver celtique pour une période de 45 jours de carême. En se substituant à l'année celtique, l'année liturgique accommodait son calendrier au rythme solaire et carillonnait solennellement ses principales fêtes solsticiales Noël et Saint Jean-Baptiste. Aux équinoxes elle fixait l'Annonciation au jour du Printemps et la Saint Michel à l'Automne.

Avec les réformes liturgiques des années 60, l'Église romaine nettoya, si on ose dire, son sanctoral en supprimant, dans la mesure du possible, de très anciens saints considérés « douteux ». Puis elle supprima le faste de la Saint Jean pour valoriser Noël. Pour résumer, l'institution catholique centra sa théologie sur la Nativité du Christ « Dieu fait homme », sa mort et sa résurrection à Pâques. Elle formalisait ainsi sa mutation doctrinale vers l'humanisme. Enfin plus récemment elle abandonna les rites associés à l'agraire telles que les Rogations.

La Révolution Française supprima le calendrier patriotique en abandonnant sa structure saisonnière pour une uniformisation arithmétique démunie de toute logique. La population, essentiellement rurale resta pourtant fidèle à ses traditions religieuses en phase avec le cycle agraire.

Napoléon Ier rendit aux Français leur Dimanche et la liberté du culte, en signant un Concordat avec l'Église romaine, et le retour du calendrier traditionnel, retouché par le déplacement de la Fête Dieu du Jeudi au Dimanche et par l'imposition du silence des cloches à la fête des Rois Mages. En introduisant la fête de la Fédération du 14 Juillet, la première fête profane entrait dans le calendrier. Depuis de nouvelles fêtes civiles font leur entrée : armistices, Nouvel an, Premier Mai et fêtes des mères, des pères, des grands-mères etc... Avec la mondialisation, sans donner lieu à des cérémonies civiles ou à des jours fériés et chômés, elle introduisait des journées mondiales, celles de la Paix, de la femme, etc. Malgré la déchristianisation, le calendrier chrétien perdure, tant que le Concordat sera maintenu.

Au sortir de l'ère agraire, la pratique religieuse diminuant et le salariat se développant, le temps libre prenait de l'importance et favorisait l'industrie du tourisme et des loisirs. Cela impliqua la réorganisation de la vie sociale et la modification du calendrier scolaire adossé aux fêtes religieuses et aux activités agraires : récoltes, fenaisons, moissons, fruits, vendanges etc., ce qui justifiait des vacances scolaires longues de Juillet à Octobre, les enfants en scolarité représentant alors une main d'œuvre incontournable dans les familles d'agriculteurs très nombreuses en ces temps.

Les foyers plus disponibles par la réduction du temps de travail, un nouveau calendrier civil, parallèle au calendrier liturgique basé essentiellement sur les loisirs et les voyages fut institué, composé de trois périodes de congés saisonniers : Toussaint 10 jours, Hiver 15 jours, Printemps 15 jours. La pause de Noël de 15 jours est maintenue et celle de Pâques de 15 jours supprimée. Afin de réguler les flux des départs en vacances, le pays fut partagé en trois zones de congés de périodes différentes, toutefois proches afin de maintenir une permanence des activités de loisirs en Montagne et à la Mer.

Le calendrier civil et scolaire reflète une nouvelle façon de vivre et des nouveaux comportements sociaux et sociétaux. La pause hebdomadaire des écoles du Jeudi fut avancée au Mercredi et l'école le Samedi, supprimée. C'est une totale rupture du rythme social qui a envahi la vie économique malgré le maintien du calendrier liturgique, les fêtes religieuses légales restant chômées et rémunérées.

Au rythme erratique du nouveau calendrier, les changements d'horaires aux équinoxes ajoutés à l'extension des activités nocturnes auront-t-ils une influence sur le rythme biologique de l'être humain ?

Nous achevons notre premier chapitre orienté essentiellement sur les rythmes cosmiques. L'année solaire est un chemin borné de fêtes religieuses. « *Elles sont des points fixes dans l'espace* »(13), des repères et des messages universels que les religieux symbolisèrent afin de guider les âmes sur le chemin de leur Devenir et afin de leur venir en aide dans leurs tâches quotidiennes au cours d'un cycle annuel. Avant de les découvrir ou de les redécouvrir, abordons la vie villageoise et son organisation à travers du symbolisme de son microcosme.

(13) Christian Guyonvarc'h dans les fêtes celtiques.

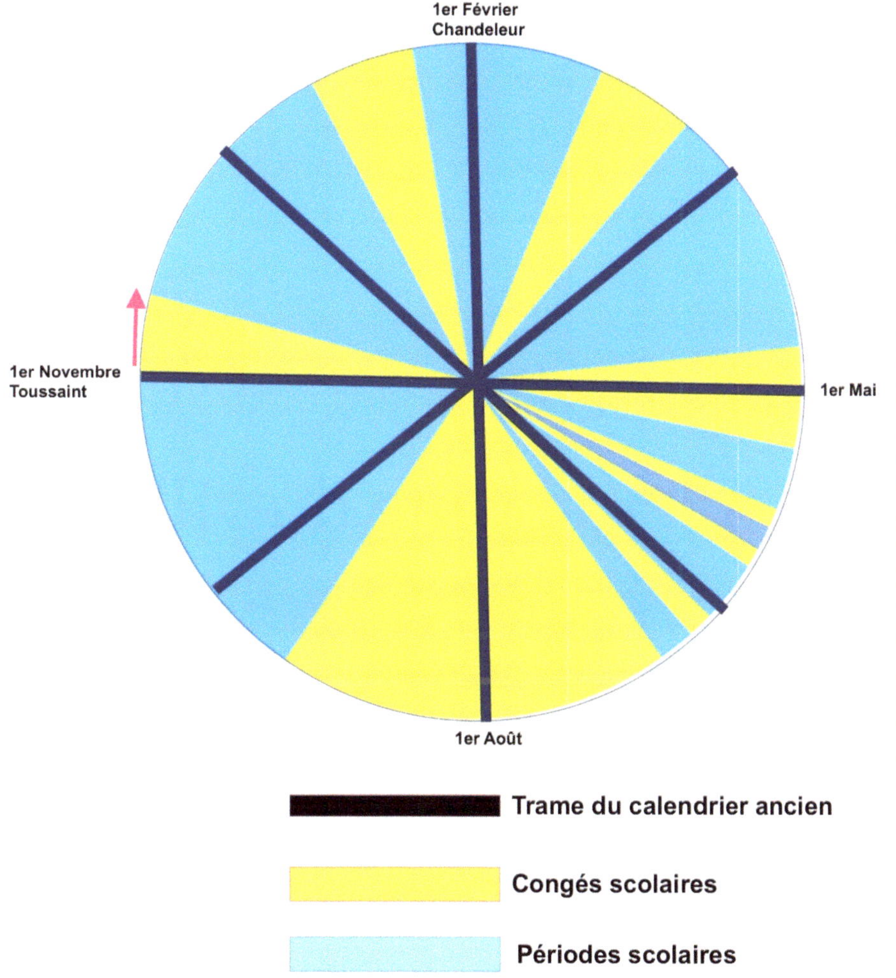

Le calendrier scolaire mobile

Chapitre II
Le microcosme du village

Le village un microcosme

e village de jadis avec ses règles et ses usages, constituait
un monde fermé. C'est vers son église, le point central,
que convergeait une population laborieuse.
L'idéogramme égyptien symbolise la communion d'une telle
communauté avec son centre de croyance religieuse, se
soumettant à une divinité reconnue seigneur et maître des lieux
et allant sous l'antiquité lui rendre un culte familial au sein
même de ses habitations.(14) Les appellations millénaires de
nos lieux-dits, chemins, gués, cours d'eau, buttes, forêts etc.,
témoignent encore de ces traditions antiques. Par exemple, les
Étrusques concevaient leurs villes à l'image du cosmos, limitant
leur nombre à douze pour répondre aux douze piliers de
l'univers, programmant ainsi leur fin selon la loi de
correspondance aux cycles cosmiques. Sorti de l'antiquité, le
village jusqu'à un temps îlot culturel et linguistique conservait
ses traditions.

(14) Nous aborderons ce rapprochement avec la structure de nos habitats anciens.

L'église point central de ré-union, conserva son rôle fédérateur jusqu'au 20ième siècle. Or une progressive et inéluctable globalisation dilua l'immense maillage rural dans de nouvelles entités toujours plus attractives, annihilant tout rayonnement culturel et spirituel pour d'autres sources d'influences au détriment de son « vivre ensemble ». La solidarité villageoise s'est ainsi affadie.

La redistribution des terres opérée par les remembrements fut la rançon de ce phénomène de globalisation favorisant les plans d'urbanisation (15) et la création subite et spontanée de lotissements uniformes accompagnés d'infrastructures diverses au mépris de nos belles terres en chassant ainsi définitivement les génies maîtres des lieux.(16) La transhumance humaine conséquente à ces phénomènes bouleversa à jamais l'âme villageoise.

Affranchi et englobé dans de nouvelles régions et communautés semi citadines(17) de plus en plus étendues, le village accélère sa mutation et reste dans l'impossibilité de situer son centre, ce qui rend illisible les décisions administratives dites de proximité.

Aux portes des grandes villes, l'humus, résidence des esprits de la terre des jardins et des maraîchers, a disparu. L'étendue de nos abondantes et généreuses terres labourables de nos vastes plaines et de nos plateaux recule peu à peu. Saccagées à jamais elles avaient assuré au cours des millénaires la vie des populations. Le visage du paysan ne reflète plus la couleur de sa terre nourricière et des murs de sa maison. L'œil à jamais désorienté ne devine plus les limites du village.

(15)Les plans locaux d'urbanisation et le plan d'aménagement du territoire.
(16)Les municipalités en quête de finances (taxes d'implantation, d'habitation et foncières) favorisèrent l'implantation erratique de nouveaux quartiers pour de nouvelles populations venus d'horizon diverses, souvent citadines, qui ne fondront jamais avec la population ancienne.
(17)Communautés de communes et les nombreuses structures intermédiaires d'un mille feuilles inscrit dans les départements et régions.

La traversée de la France nous permet de redécouvrir encore quelques petits bourgs traditionnels avec dans leurs centres leurs vieilles églises tantôt laissées à l'abandon, tantôt remises en « valeur » outrageusement et devant lesquelles se dresse l'obélisque de la raison à la mémoire des martyrs des grandes guerres modernes. Passons sur le nouveau mobilier urbain usé avant l'âge et les charmants presbytères métamorphosés en maisons communes avec leurs jardins de curé transformés en squares dans lesquels viennent se soulager les chiens.

Le survol de l'Europe permet encore la découverte d'un fantastique réseau de villages. On imagine la beauté de cette toile avant l'urbanisation dévastatrice. Certains chemins se perdent dans les campagnes ou disparaissent à l'horizon ou dans des forêts, des étangs et même dans l'eau des rivières et des mers.

Les instituteurs enseignaient aux écoliers que du parvis de Notre Dame de Paris naissaient toutes les belles routes du Royaume. Paris, le centre du Pays, représentait le principe diffuseur de son amour à tous les villages et ceux-ci le lui rendaient en retour, à la manière du cœur rejetant le sang régénéré dans les artères et dans tous les vaisseaux sanguins, dans un rythme analogue à celui de « l'inspir et de l'expir ». (18)Le romantique chemin menant au village ne correspondit jamais à celui d'un retour des champs, mais à celui qui y mène. Tout principe se manifeste d'un centre. Le village n'est pas une étape, mais un centre de vie.

Toute société aussi vaste qu'elle soit ne peut survivre s elle n'est pas mise en correspondance avec le cosmos en perpétuelle circumambulation autour de son principe. Le sigle grec XP Christo et la rouelle celtique illustrent la symbolique du village,

(18) Expir et expir sont deux phases comparables aux mouvements systoles du cœur, les deux battements du cœur. Le premier envoie le sang régénéré dans l'organisme et le second le rappelle.

ainsi que la croix à six branches (19) rappelant les six jours de travail de la semaine, les chemins du labeur qui se détachent du centre pour se rendre dans les terres vitales et revenir à leur point de départ, là où se dresse l'église, lieu du premier jour de la semaine : le Dimanche.

L'église représente le point de départ et de l'arrivée de toutes choses du village. Elle est le point de passage de l'infini et de l'absolu analogue à la septième branche invisible de la croix à six branches symbole de la semaine.(20) Le clocher se dresse au passage même de ce septième rayon invisible symbolisant le verbe divin, « l'inexprimable » et « l'incommunicable ». Il est l' « Axe Mundi » ou le centre immuable qui relie le Ciel et la Terre. Il se détache de l'horizon, repère du temps et de l'espace, visible sur l'ensemble du ban et par tous paysans aux champs. C'est le point central où convergent tous les chemins qui mènent au retour à Dieu, début et fin de toutes choses. Là se rendait au jour du repos dominical le village entier restaurer son âme.

L'église fut le centre de passage obligé de tout homme. Celui-ci y entrait dès le début de sa vie pour son baptême et y revenait une ultime fois à sa mort, avant d'attendre la résurrection, l'ombre du clocher, dans le cimetière autour de l'église. L'église, le lien social de la communauté, présidait tous les événements de la vie, le mariage par exemple etc.

C'était encore vers le clocher que se tournaient plusieurs fois par jour les paysans pour regarder l'heure. Les cloches annonçaient les événements quotidiens et ceux les plus solennels ou plus graves de la vie : les heures, les angélus, les baptêmes, les mariages, les morts des membres de la communauté et encore exceptionnellement la guerre, la paix, le feu etc.

(19) Voir le chapitre de la croix basque.
(20) Les branches de cette croix sont opposées deux à deux et forment ainsi une croix à trois dimensions, analogue à la croix solaire. Deux d'entre elles, verticales, symbolisent le Zénith et le Nadir. Les quatre autres correspondent aux points cardinaux du Monde et figurent sur un plan horizontal.

C'est du haut de la chaire que le recteur annonçait une fois par semaine les nouvelles diverses et administratives ou les messages du prince ou du roi.

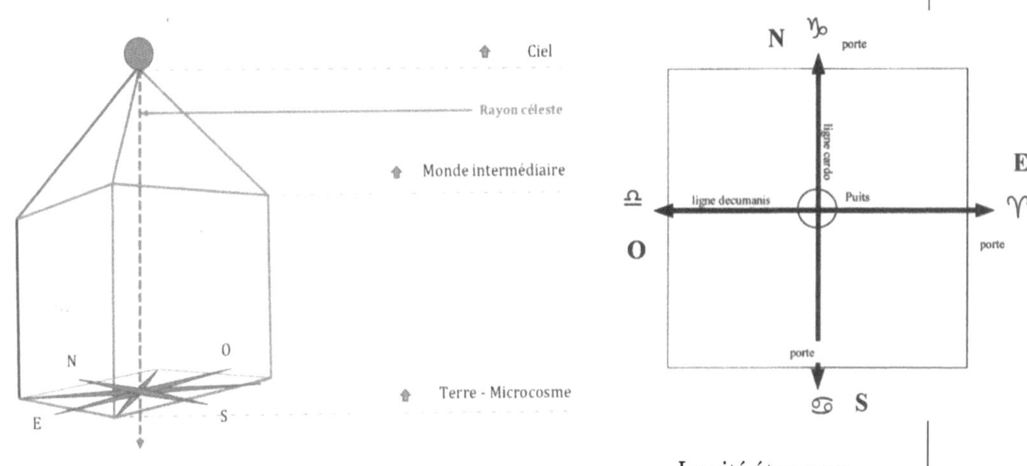

Axe Mundi

La cité étrusque

Le village microcosme

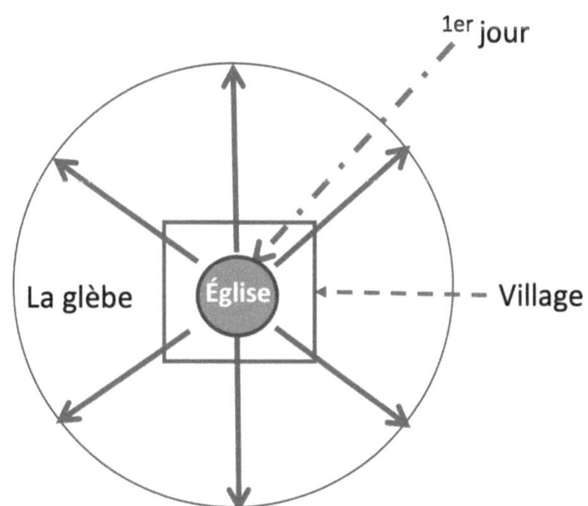

L'église la Porte du Ciel, l'Axe Mundi

Revenons au symbolisme des églises. Celles-ci avec nos cathédrales et abbayes figurent certainement parmi les édifices les plus nombreux qui enrichissent notre patrimoine et ce malgré nos tourmentes au cours de notre longue histoire. Fidèles témoins de notre passé et annales de nos traditions, elles recèlent d'innombrables œuvres d'arts : vitraux, tableaux et fresques, mobiliers, retables, orgues, objets de piété et ustensiles liturgiques d'une grande valeur artistique. Le moindre village possède une église et parfois plusieurs. Dans les campagnes elles doivent leur existence aux princes et en grande partie aux populations désintéressées, discrètes et modestes pour leur dévouement, leurs dons et leurs soins comme l'achat au début du 20ième siècle d'horloges mécaniques. Nos bâtiments religieux, « chefs d'œuvres en péril » méritent une place dans nos mémoires. Elles figurent discrètement dans nos catalogues touristiques, notre époque préférant l'imaginaire des ruines médiévales. Que vont-elles devenir ?

L'introït du Dimanche de la « Dédicace de l'Archibasilique du Très Saint Sauveur à Rome » rappelle que : « *l'église est la demeure de Dieu, un lieu redoutable et la Porte du Ciel.* » L'astrologie sacrée désigne cette dernière « le Capricorne », le point de retour de l'astre solaire. Les Saintes Écritures relate que « *Jacob posa une pierre de fondation ointe et l'échelle vers une ouverture du Ciel* ».

L'espace et le temps sont les caractéristiques du calendrier liturgique. Par exemple les trois messes de minuit de Noël au Solstice d'hiver, Porte du Ciel et les trois autres messes de la Saint Jean des Templiers au Solstice d'Été, la Porte des Hommes.(21) Aussi, avant la réforme liturgique de 1965, aucune messe vespérale ne pouvait avoir lieu en dehors de la période ascendante du retour de la lumière de minuit à midi.

Les temples et les églises, construits avec pédagogie reprenaient moulte représentations symboliques, entendues à plusieurs degrés hermétiques qui relevaient de l'occultisme.

Nous avons en mémoire les cérémonies de la pose de la première pierre de monuments ou de bâtiments administratifs auxquels une personnalité participait. Cette cérémonie profane ne figurait qu'un pâle reflet d'une tradition tombée dans le folklore ou dans la parodie. La construction d'une nouvelle église donnait lieu à une longue cérémonie de consécration complexe par un ou plusieurs évêques, qui procédaient à un véritable travail de « maçonnerie » de la pose des premières pierres sacrées et de la dédicace des douze piliers de l'édifice religieux.

De tout temps la pierre fondamentale d'un temple traditionnel se situait à l'angle Nord-Est de l'édifice. Chaque base angulaire reposait sur une pierre analogue et marquait l'angle d'un carré symbolique marqué par les quatre points cardinaux. L'autel, la pierre du sacrifice, placée au centre de

---

(21) Ces trois messes ont été supprimées depuis les réformes de Vatican II.

l'abside, trouvait sa place très exactement dans l'axe de la pierre angulaire située au sommet de l'édifice. Ainsi les églises, à l'instar d'une barque, furent « orientées » vers l'Est ou vers le Soleil levant, ou vers Jérusalem, Rome ou vers tout autre centre ou siège spirituel même conventionnel. Depuis les réformes des années soixante, le prêtre n'est plus le timonier de l'église se tenant dos à l'assistance et face à l'Orient. Sa fonction est réduite à celle d'un simple barreur tourné vers le peuple des fidèles.

Ne confondons pas « pierre angulaire » et « pierre fondamentale ». Les livres de la franc-maçonnerie anglaise parlent de « *corner stone* » pour la pierre fondamentale et de « *keystone* » pour la pierre angulaire et comme le mot l'indique elle est la « clef de voûte ».(22) Les autels chrétiens étaient de véritables pierres carrées longues au centre desquelles une autre pierre carrée blanche parfaite plus modeste en dimension, marquée d'une petite croix noire à chacun de ses quatre coins. Ointe et lustrée comme la Pierre de Luz de Jacob, l'évêque consécrateur l'incrustait au centre de l'autel, avec de saintes reliques, en rappel de la pierre angulaire de la clef de voûte du dôme ou de l'abside. Elle symbolisait la Terre et ses points cardinaux avec son centre solaire pour être recouverte lors des messes d'un corporal, un linge fin de lin, image du végétal qui recouvre la Terre.

La pierre sacrée tient une place importante dans l'histoire de l'ésotérisme. Par exemple le Saint Graal taillé dans une émeraude tombée de la tête de Lucifer ou encore la pierre d'entrée des cavernes et des tombeaux etc.... Vouées au culte divin sur les hauteurs, en revanche dans les vallées, elles marquaient le point d'intronisation des souverains comme ce fut le cas de la *Liafail* ou la pierre fatale des rois de l'ancienne Irlande. Ainsi la pierre du « Bas » symbolisait la Terre et la pierre du « Haut » le pouvoir divin. C'est le sens du symbole de

(22) René Guénon dans Le Symbolisme de la science sacrée.

la relation entre le microcosme et le macrocosme. Devenues sacrées et inviolables, taillées sur quatre faces elles marquaient aussi le territoire et celui qui arrachait une borne était mis à mort ! Ces pierres furent toujours mises en parallèle avec le Ciel.

Rappelons que la *Kaaba*, traduite de l'arabe par « Cube », se trouve au foyer du sanctuaire islamique de la Mecque. Outre la riche symbolique sacrée de l'Islam, elle symbolise la « pierre » de fondation » à l'extrémité terrestre d'un axe divin qui traverse tous les cieux.(23)

Le carré et le cube symbolisent la Terre et le cercle, le Ciel. Les églises orientales rappellent cette conception dans leurs formes à l'exemple des religions voisines. La tradition islamique, postérieure au christianisme, reprit ces principes traditionnels qui présidaient à la construction des édifices voués au culte divin.

L'église est donc ce lieu terrible, la Porte du Ciel, mit en parallèle avec l'Univers comme le rappelle ses douze piliers correspondant aux douze constellations de l'univers. L'abside de forme demie sphérique évoque la voûte céleste et le maître autel symbolise le Soleil. Au sortir de l'abside aux limites de la nef, à gauche se dresse l'autel de la Vierge symbole de la Lune et à droite l'autel de Saint Joseph symbole de l'étoile géométrique du charpentier.(24) C'est la raison pour laquelle, en référence à la voûte, il figure le saint patron de l'Église Universel.(25)

La plus modeste des églises de campagne reprend dans sa construction ces préceptes, modèle d'un véritable microcosme.

(23)Voir le chapitre de la Croix Basque.
(24)La tradition hindouiste désigne le fils adoptif du charpentier constructeur de la voûte céleste. (Anândâ Coomaraswamy). Cette dernière image rapprochée avec celle du Christ (fils adoptif de Joseph) arpentant le globe tenant un compas et une équerre est troublant.
(25)«*Tu es Pierre et sur cette pierre je bâtirai mon Église, et les Portes de l'Enfer ne prévaudront point contre Elle.* » Saint Mathieu, XXI 42, Saint Marc, XXII, 10 – Saint Luc,

Le clocher du village

Tel un ressuscité, l'immense tour s'arrache à la nuit agonisante pour réapparaître brutalement, effrayante et encore plus saisissante. Aux aurores, la vallée l'enveloppe à nouveau dans le linceul de son épais brouillard. Puis, dans un combat furtif il s'échappe à nouveau des ténèbres et pour se redresser comme Lazard face à la lumière.

Enfin, timide et souriant, le Soleil perce les ténèbres, s'impose et gagne discrètement les murailles du clocher et découvre progressivement chaque membre de cette masse, comme le prêtre dénudait par étape la Croix du sombre voile de la Passion du Vendredi Saint.

Triomphant, majestueux, le clocher s'affirme comme une croix sur les hauteurs d'une montagne inaccessible. Il apparaît enfin comme un ressuscité, guérit, invincible, géant, vainqueur de la mort après sa longue passion.

La divine rosée s'évapore discrètement, chassée par la chaleur douce qui envahit déjà les vieilles pierres à présent soumises à l'astre solaire. Soudain, le tintement d'une cloche annonce l'Angélus. Le quotidien reprend ses droits et ses règles. Le temps des illusions est revenu. S'ébranlent alors les cloches, joyeuses, toujours surprenantes et fraîches et fêtent le triomphe du Soleil sur la nuit et célèbrent le jour nouveau.

La vie reprend dans le village. Les sons familiers et rassurants des travaux couvrent à présent la nature laborieuse. Le Soleil inonde de ses rayons les toitures, en attendant de conquérir les ruelles étroites et les cours des fermes encore restées dans la fraicheur nocturne. Mais, le temps passe et la lumière a totalement investi la vallée insouciante, loin de la nuit déjà oubliée. Les activités marquent une pause imperceptible quand la cloche de l'horloge nous avertit que le temps n'existe pas et que la prochaine nuit nous surprendra comme la mort.

Le Soleil poursuit son œuvre dévorante et brûlent à présent les pierres sauvées de la nuit, vaincues cette fois par leur propre sauveur. Les corneilles reprennent leurs balais aériens autour de la flèche et croassent comme de petits diables autour d'un coq placide guettant inlassablement le moindre zéphir aux quatre points cardinaux. Le triomphe de midi annonce pourtant le déclin prédestiné de cette journée insouciante. Les aiguilles de l'horloge peinent à suivre ce Soleil qui vaincra sur lui-même. Les ombres se font petites à cette heure puis finiront et s'étioler quand la fin sera proche. Tout est illusion sous le grand Soleil. Ainsi passe le temps.

Aux confins du ban, le paysan percevra le son lointain de la cloche affaibli par la distance, si le vent le permet. Le clocher rappelle au travailleur des champs, isolé loin de sa maison, que le temps dévore l'espace qu'il est temps de regagner sa maison.

Après avoir assisté au naufrage du Soleil à l'horizon, la flèche du clocher sombrera son tour comme un bateau dans une mer obscure sans avoir gouté préalablement au fruit rouge tombé à l'Occident comme un dernier sacrement, avant de faire ses adieux dans son dernier angélus.

Tout procède du principe et y retourne. Le temps dévore l'espace.

La Maison traditionnelle, un microcosme?

« *Un Terrain bas à l'Est et élevé à l'Ouest s'appelle Gothîvi,
traduit par La voie des Vaches . Ceux qui y habitent prospèrent.* »
Vasta Shastra.(26)

*

L'architecture traditionnelle de nos vieilles demeures
répondait à celle de la voûte céleste tel un microcosme. Les
projets de construction de notre habitat moderne font fi de
ces préceptes. Cependant nos robustes maisons campagnardes
paraissent avoir conservé ces principes. Il est intéressant d'établir
un rapprochement entre la répartition de leurs volumes, dans
certaines régions,(25) à celles des cités étrusques partagées en
quartiers autour d'un puits central.

(26)La science de l'habitat en Inde de Joystan K. Nilakanthan - Gothîvi,
le chemin de la Lumière. *Govîthy*, sanscrit constitué de *Go*, soit la vache,
rapprochement avec le germanique *Kou* ou anglosaxon *cow* et *vîthy* racine que l'on
retrouve dans le français vicinal qui signifie voie. Nos troupeaux de vaches
agrémentent nos campagnes, à l'heure où l'industrie alimentaire la rendirent folles
avant de les désigner coupables de polluer l'atmosphère. Tant de générations depuis
leur arrivée en Europe furent-ils nourris au lait de vaches dès leur prime enfance.
Nous savons tous qu'elles sont vénérées aux Indes. Une telle tradition n'a pas pu se
tromper en la déclarant vénérable depuis des milliers d'années.

La porte arrière ouverte au Nord, telle la porte du Capricorne donne sur le jardin ou la glèbe et répond ainsi à la porte d'entrée principale au Sud, telle que la porte du Cancer. Un long couloir relie ces issues partageant en deux parties l'habitat d'Est en Ouest. La partie réservée à l'exploitation agricole reste toutefois indépendante de la partie habitable.

Au fil du temps, pour répondre à des besoins de commodité d'accès facile à la chaussée par les attelages et les animaux domestiques, la construction des nouvelles fermettes furent orientées vers un Orient conventionnel.

À ce propos, Édouard Brasey écrit : (27)

« Bien mal inspiré celui qui choisit de construire sur un terrain où viennent les elfes, car le « Petit Peuple » est parfaitement capable de déplacer maison, église, ou même château si son emplacement lui déplaît. Dans des cas, ce genre de problème a été en partie résolu : la nuit on laisse ouvertes les portes de la maison, devant et derrière pour laisser le passage aux esprits. Beaucoup de petites maisons irlandaises, par précaution, ont une porte d'entrée qui fait face à la porte de derrière. »

Ainsi les quatre murs principaux de la maison correspondent donc aux directions cardinales. À l'Est, au Soleil levant, la cuisine présente une large hotte au centre même de la maison. Au Sud au Soleil de midi, le séjour ou la pièce de vie précède à l'Ouest une chambre dans laquelle l'homme plonge dans le sommeil de la nuit quand meurt le jour et disparaît le Soleil. C'est dans cette chambre que l'on perdait la vie et que l'on la donnait. Enfin au Nord on trouve généralement un cellier.

(27)Cet usage fut également respecté dans d'autres régions telles que l'Est de la France et dans les pays, la rive gauche du Rhin ou en Suisse et en Autriche.
(28)Édouard Brasey - Enquête sur l'existence des fées et des esprits de la nature Édition Aventure Secrète, page 164.

Revenons à la cuisine. Elle est la pièce la plus importante ou la pièce maîtresse, le carrefour de tous les accès aux pièces et à l'étage. Sous la hotte noircie immuablement se consume discrètement un feu, la fumée ne sortant qu'imparfaitement. Cette grande ouverture rétrécie à sa naissance et sa largeur occupe une grande partie de la pièce et sert aussi d'évacuation des fumées du four à pain. Le sol de la cuisine et du couloir, revêtu d'un dallage en pierres brutes posées en pente, facilite l'écoulement de l'eau du lavage. Pour les foyers plus riches, un dallage agrémenté de pierres polies posées alternativement en couleur claire et sombre, rappelle l'échiquier, symbole des différents états que l'homme traverse pour atteindre la lumière.(29)

La cheminée, passage des fées

Edouard Brasey (30) : « *En basse Bretagne, on dit qu'une très vieille fée descendait par la cheminée la veille de la Saint André (31) à minuit précise. Si la ménagère était encore occupée à filer, la fée la grondait et l'envoyait se coucher. D'autres fées empruntaient le même chemin pour venir en réconfort aux malades et aux malheureux, etc.... la cheminée symbolise tout à la fois le foyer, cœur ardent de la maisonnée et le lieu de passage d'une réalité à l'autre, de l'ici-bas à l'au-delà. La cheminée est une ouverture vers le ciel par où montent les prières et les fumées du feu de bois et par où descend le père Noël les fées et les sorcières. Les fées veillent sur les foyers et la naissance des êtres humains, mais également sur leur décès. Elles sont aux sources de la vie et de la mort, et aident les mortels à passer d'une dimension à l'autre, comme elles-mêmes*

---

(29) Selon la théorie hindouiste du samsâra.
(30) Édouard Brasey - Enquête sur l'existence des fées et des esprits de la nature Édition Aventure Secrète, page 164,
(31) Le 30 Novembre, ancienne mi-carême de l'Avent.

passent par les conduits de cheminées. Les fées sont des divinités du passage du chaos à l'ordre, du non-être à l'être. Elles sont des accoucheuses de monde. Associées aux mythologies de la grande Déesse Mère, elles incarnent la part féminine du Dieu créateur... à mi-chemin entre la terre et le ciel, elles intercèdent en faveur des hommes. »

La cheminée symbolise l'Axe Mundi, reliant le Ciel à la Terre, prolongement du puits, et représente le « pont » d'un monde à l'autre, tel qu'il se produit au soir du nouvel an celtique de Samain.(32)

Le puits

Placé jadis au centre de la maison dans le prolongement de la hotte de la cheminée, il prolonge symboliquement l'Axe Mundi, le cinquième élément.(33) Issu de *pege* en grec, la forme latine *puteus* induit une origine étymologique étrusque.(34)

---

(32)Âtre vient de noir et signifie ouverture centrale, proche d'« astre » ou « *Astracum* » signifiant objet en terre cuite et astre. Encore proche d'*Atrium* étrusque, la partie carrée et centrale de la maison où on allumait le feu. Encore proche d'*ater* qui signifie noir, noirci par le feu. Selon le dictionnaire Larousse. René Guénon précise à propos de l'âtre comparé à la caverne : « *L'éclairage intérieur comme n'étant que le reflet d'une lumière qui pénètre à travers le toit du monde, par la porte solaire, qui est l'œil de la voûte cosmique ou l'ouverture supérieure de la caverne* » et encore à propos de la construction d'un édifice : « *Quand une ouverture est pratiquée au sommet du dôme, c'est par-là que s'échappe au-dehors la fumée qui s'élève du foyer ; mais ceci encore, bien loin de n'avoir qu'une raison purement utilitaire comme des modernes pourraient se l'imaginer, a au contraire un sens symbolique très profond en précisant encore la signification exacte de ce sommet du dôme dans les deux ordres macrocosmiques et microcosmiques.*

Mircea Eliade évoque l'ouverture centrale de la tente du Chaman ou de l'Indien, la cheminée de toute maison en précisant : « *.... Croyance en la possibilité d'une communication directe avec le ciel. Sur le plan macrocosmique, cette communication est figurée par un Axe (Arbre, Montagne, Pilier, etc....) ; sur le plan microcosmique elle est signifiée par le pilier central de l'habitation ou l'ouverture supérieure de la tente ; ce qui veut dire que toute habitation humaine est projetée dans le Centre du Monde* », ou que tout autel, tente ou maison rend possible la rupture de niveau et partant l'ascension au Ciel. »

(33)Voir le chapitre de la Croix basque.

(34)Ce mot ayant donné piton, le pic sur lequel les albigeois de Montségur construisirent leur défense.

Placé à l'intersection même des deux axes cruciformes il partageait la cité étrusque en quartiers. Recouvert la nuit il refusait la sortie nocturne aux esprits infernaux. Le puits marque le centre du Jardin d'Eden source des quatre fleuves.(35) Il symbolise l'abondance de vie, la connaissance selon la sagesse populaire et c'est au puits que jaillit la vérité. Enfin vouloir apercevoir le reflet de son visage au fond du puits ou celle de la lumière peut se révéler dangereux. Raimondin, l'époux de Mélusine « paya cher » sa curiosité. Il était défendu aux enfants de se pencher au-delà de la margelle du puits, pour des raisons de sécurité évidente. Tout niveau de connaissance reçue avant l'heure n'est pas forcément bon. Enfin un personnage effrayant, le *Kropemann*(36), en langage germanique, sorte de monstre ou démon des eaux et puits pouvait les saisir.

Une vieille tradition luxembourgeoise encore bien vivante

La veille de la Chandeleur, à la tombée de la nuit, les enfants visitent la population de maison en maison en brandissant un lampion arrimé au sommet d'un bâton. Les bambins, proposent aux habitants quelques chants folkloriques. Cette jeunesse accueillie par les familles, reçoit en échange de leur prestation quelques friandises, de nos jours une pièce. Cette tradition date d'un temps où l'on « tolérait » l'entrée

(35) Le rapprochement de ce symbole avec l'épisode biblique de Moïse rencontrant sa future épouse devant un puits ou encore le passage de l'Évangile, où Jésus se voit proposer l'eau du puits par une femme samaritaine. De même Mélusine, fille de la démoniaque Lilith, chante et danse les soirs de lune près de la Fontaine de la Soif proche de Lusignan. Raimondin, comte des lieux, la rencontre après le drame qui suit dont il est bien involontairement responsable. Les exemples sont nombreux.
(36) *Kropemann* pourrait être lié à *Krtyâ*, démon féminin aquatique de la tradition indienne. Voir François Eygun aux Éditions Pardès : «Ce qu'on peut savoir de Mélusine et de son iconographie.»

64

nocturne dans les foyers par les plus démunis ou les mendiants afin qu'ils « s'approvisionnent » eux-mêmes en produits alimentaires déposés à cette fin au pied de leur cheminée centrale à l'intérieur même de leur maison. Les « voleurs autorisés » grimpaient sur les toits et pour s'introduire dans les chaumières par les conduits des larges hottes caractéristiques à la région. Dans cette nuit noire le lampion leur assurait l'éclairage lors de leur descente.

Cette descente de la lumière au cœur de la maison évoque ainsi le rituel du retour de la lumière au Printemps d'*Imbolc*, le 1er février, date du printemps celtique.

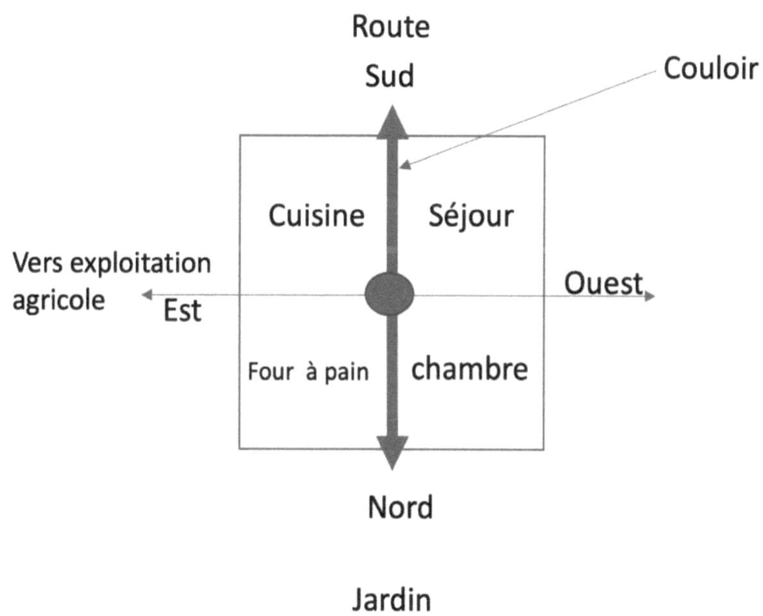

Schéma de la maison traditionnelle

Chapitre III
Les fêtes annuelles

À propos des fêtes et de la fête

À l'origine elles se produisaient toutes à l'occasion d'évènements cosmiques importants et n'empêchaient nullement de « faire la fête », mais à son heure. Partagées en trois temps : religieux, civil et festif, ce dernier faisant l'objet d'un véritable débordement. Un temps de restauration spirituelle et corporelle préalable préparait l'évènement, comme jadis l'Avent, véritable carême. La fête est donc un point fixe dans l'espace ou une rupture du temps.(37) Elle se caractérisait par arrêt virtuel du spatio-temporel, un moment hors du temps et de l'espace réservé au divin.

Aux fêtes celtiques, les druides, les chefs et le peuple se réunissaient à une date fixée par les astres et sur un lieu déterminé. Débutaient en premier les actes religieux suivis des actes civils tel que le renouvellement des lois inspirées par le druide. Suivaient les affaires politiques et sociales et enfin les

(37) Les Fêtes Celtiques de Christian Guyonvar'ch et Françoise Leroux.

réunions festives. L'ensemble de la fête antique durait trois jours.

Les sociétés celtiques contemporaines, il y a peu de temps encore, s'interdisaient de manœuvrer tout instrument rotatif notamment dans les activités domestiques afin de ne pas contrarier le phénomène solsticial. Appliquer ces principes de nos jours impliquerait une mise à l'arrêt de tous nos engins, machines, automobiles, ordinateurs, vélocipèdes etc., comme un véritable Sabbat.

Les carnavals furent des périodes de libération, avant l'entrée dans une nouvelle période communautaire suivis, d'une purification et de libération intérieure après un défoulement général. Cette folie libérait la population de toutes les frustrations et contraintes quotidiennes avant cette période d'abstinence. Toutes sortes de farces, de singeries et même de moqueries envers le clergé étaient tolérées, comme lors de la Fête des Fous. Les valeurs étaient renversées comme à la fin d'un cycle. Notre carnaval moderne coïncide avec la fête de lustration celtique d'*Imbolc,* le grand nettoyage de Printemps de l'âme humaine et aussi de l'habitat et des écuries.

La langue irlandaise traduit la fête par *féil,* mot proche de faille, falaise ou encore de vigile et signifie « rupture du temps ». Le germanique n'a qu'un seul mot pour désigner à la fois la fête et le feu : **Feier**. Il désigne l'arrêt des activités par **Féierowend,** ce qui signifie littéralement « rupture du soir » (38). Ainsi toute fête débutait à la tombée de la nuit.

À l'occasion des fêtes se tenaient les foires, d'où le mot latin *feria,* **Fouer** en germanique. Avec le temps elle se rapprochèrent des lieux de culte ou de pèlerinage. Elles représentaient une tentation voir même de perdition pour les fidèles ou pour les pèlerins. Avant de parvenir à la lumière,

---

(38) Souvenons-nous des fleuristes affichant la veille sur leur devanture le nom du saint patron à souhaiter le soir même.

comme le rappelle le symbole des cimetières situés autour de vieilles églises, il faut passer par les ténèbres et les épreuves avant d'entrer au Ciel. Cela justifie les représentations de reptiles, dragons et autres monstres gravés sur les linteaux des porches des édifices religieux. La sonnerie des cloches annonçait les offices certes, mais chassait les démons sur le chemin de l'Église, la fête foraine se tenant pour ainsi dire aux portes de cette dernière.

L'incompréhension et le rejet du sacré par nos sociétés contemporaines font que seul le festif subsiste et chargent le mot « fête » d'un sens essentiellement profane. De nos jours Noël débute dès « le lendemain de la Toussaint ». L'animation commerciale des rues et des chaînes télévisées s'épuisent en longueur.

Le chapitre précédant « Le calendrier maître du temps » évoque l'explosion de nouvelles fêtes profanes. Des fêtes privées, spontanées, surgissent subitement à tout moment, sans raison, stimulées par un besoin impératif de « faire la fête ». Le patronyme de chacun a laissé la place à la « sacro-sainte » fête d'anniversaire, fête de l'égo.

Coupées de leurs principes, les fêtes dégénèrent dans le folklore et la fantaisie d'un sinistre carnaval permanent.

L'ouverture de l'Hiver celtique

La Toussaint, Samain celtique

Le 31 Octobre à la tombée de la nuit, le Soleil atteint le second décan de la constellation du Scorpion et marque l'entrée dans l'Hiver celtique *Samain*. La saison entrera en force après une période d'incubation d'une dizaine de jours à la Saint Martin le 11 Novembre. La mort et les héritages sont les caractéristiques du signe du scorpion, ce qui représente le gain du travail de la terre. Malheur aux récoltes restées dans la glèbe ! Saint Michel le 29 Septembre avertissait les agriculteurs négligents. Cependant bon prince, l'archange accorde aux retardataires un sursis jusqu'au 16 Octobre, à la Saint Lucas le successeur du dieu celtes Lug détenant le pouvoir de gracier.

> *« Regain, avoine et carottes, encore en attente dans les champs, doivent être engrangés, sinon le blaireau en fera son affaire mais Saint Lucas veillera ! »*

Samain nous renvoie au germanique **Summer** ou *Sommer* qui signifié l'Été, en sanscrit *sàmä*. Il faut prononcer « *chouïan* » comme « **Schwäin** » du mot germanique qui signifie porc, l'animal sacré.

Au cours de la nuit de *Samain*, le monde des morts venait à la rencontre des vivants. S'aventurer seul dans la nature déserte loin de sa maison, représentait un danger. Le chant des fées accompagné d'une musique céleste plaçait les sujets imprudents sous leur « charme » et ils risquaient d'être emportés dans l'autre monde» ! À cette occasion, les « vivants » confectionnaient des masques pour ne pas être reconnus des morts et se protéger d'un rapt possible. Les populations tribales celtiques se purifiaient en extirpant tout le mauvais en elles. Ces masques traduisaient le mal dont ils souffraient. À chacun son masque, à chacun son mal !

Dans nos provinces de l'Est de la France, au Luxembourg et dans le Palatinat, toujours empruntes d'un folklore celtique, les enfants au soir du 30 Octobre se livraient à un rite proche de celui d' « *Halloween* ». A la nuit tombée, les petits prenaient plaisir à effrayer les braves villageois en posant au rebord des fenêtres un crâne lumineux.(39) La citrouille trop précieuse pour le monde de la terre, une betterave fourragère faisait l'affaire. Vidée de sa chaire sous l'action des canifs des petits, des yeux et une bouche prenaient grossièrement forme. Puis dans la cavité, ils plaçaient une bougie enflammée. Cela provoquait bien des frayeurs à la tombée de la nuit. Halloween, comme toute fête de passage, présente un danger. De bonnes fées ou des anges gardiens, image reprise par le Christianisme, protégeaient chemins, ponts, gués, voyages etc.

La Toussaint repose sans aucun doute sur l'ancienne fête celtique de Samain. Il s'agit d'une fête « joyeuse » celle des bienheureux dans l' « autre monde » et non celles des morts,

(39) Sorte de Yule courant dans les pays nordiques.

fixée au Deux Novembre. Ainsi, dès la tombée de la nuit, le village faisait mémoire des défunts en se rendant en procession au cimetière, pour y revenir plus tard dans la nuit, se recueillir à nouveau devant les tombes. On enflammait alors des « bougies blanches » plantées à même la terre des tombes, entre les chrysanthèmes blancs déposés les jours précédant. La blancheur des fleurs symbolise le retour à la lumière promise. Dans cette nuit profonde apparaissaient les lueurs des cimetières des villages voisins. Enfin, une toute dernière fois, les fidèles se rendaient encore une fois à l'église pour se livrer à un rite sorti des âges, de neuf circumambulations entre l'enceinte et le cimetière. On rapprochera cette vieille tradition au *Sâmsara* oriental, le voyage des âmes de monde en monde jusqu'à la Lumière finale. (40)

La viande de sanglier, le porc sauvage, jadis réservé en temps ordinaire au druide était partagée exceptionnellement avec tout le peuple à cette grande fête. Encore dans les années 60, beaucoup de maisons « tuaient le cochon » une première fois à la Toussaint

La Saint Martin Saint protecteur des sources miraculeuses et guérisseuses. Une origine gauloise.

On le dit centurion romain partageant son manteau avec un mendiant : signe d'Hiver. Il hérite le patronage des cavaliers de la déesse celtique Épona et se trouve ainsi lié à Saint Eloi patron des maréchaux ferrant et à Saint Georges patron des militaires. Souvent accompagné d'un âne, signe annonciateur d'un passage saisonnier radical.

Saint Christophe et son chien ou son loup même averti de la canicule comme le suggère la présence à ses côtés de l'animal canin. Voir l'étymologie de « cane » dans le corps du texte.

St Blaise, fêté le 3 Février au milieu des bêtes sauvages

(40) C'est le sens de l'échiquier ou encore du damier noir et blanc. Voir le chapitre de la maison traditionnelle.

nous protège des dangers du vent ou d'un Printemps précoce dommageable pour notre santé.

Précédée d'une vigile, cette fête fut jadis aussi importante que la Saint Jean Baptiste. Au menu du réveillon figurait l'oie grasse. Malgré les apparences, ce volatile présente un rapport symbolique certain avec l'âne, tantôt bénéfique, tantôt maléfique comme l'âne rouge infernal hérité de la plus haute antiquité. La représentation d'ânes à têtes d'oies, les « ânes à bec » ou « oiseaux fées », fut courante par les Celtes, relation faite à la Fée Mélusine pour son envol après sa rupture avec son époux Raimondin.

Dans la Vallée de Munster en Alsace, *Sancta Klaus* ou Saint Nicolas accompagné d'un âne figurait la « Fée de Noël » ou la « Mère Noël », héritage tribal germanique. Ces personnages distribuaient des cadeaux au soir du Solstice d'Hiver, comme toutes fées à minuit aux quatre fêtes cardinales.

La métempsychose admise, ânes et oiseaux ne feraient qu'un. On retrouve le radical « *ane* » chez la cane qui se nommait ainsi en vieux français, *Ente* en allemand et *anas* en latin, traduit encore en vieux germanique par *Gans* ou *Ganta*. L'âne et l'oie possèdent une part bénéfique « béate » ou « candide » en commun. S*chwan,* du vieil allemand, désigne l'oie, proche de la prononciation de Samain par *chouaïn* ou *Schwäin* en germanique.

Revenons à nos très anciens saints personnages. Ont-ils hérité des pouvoirs de guérison des prêtres animistes ? Ils se décoraient d'éléments animaux par exemple de plumes ou d'os dont ils tenaient leurs forces psychiques pour soigner et guider les êtres humains ? Saint Martin figure sur la liste des saints sauroctones* chasseurs de démons et sur celle des saints auxiliaires* guérisseurs.

Le patronage de Saint Martin de lieux saint est courant. Bien que le sanctoral chrétien les différencie, il s'agit en fait d'un seul et même personnage, à la manière des nombreuses églises ou cathédrales placées sous le patronage de Notre Dame. L'expression populaire : « *Plus d'un âne s'appelle Martin* » résume cette particularité.

Enfin à la Saint Martin, les jeunes gens allumaient des feux, signal d'entrée dans l'Hiver. On rallumait traditionnellement alors les feux de chauffage et la chandelle. Les baux agricoles étaient à renouveler et on se devait de régler le bois de chauffage. Le Soleil entre à ce moment-là dans le 21ième degré du Scorpion, son troisième décan. La force véritable de ce signe mutant se révèle à ce moment.

Dictons populaires :

« *À la Saint Michel, la pluie annonce un Hiver rude !* »
« *Quand les oies se tiennent sur la glace à la Saint Martin, ils se tiendront dans la boue à Noël.* »
« *Octobre clément apporte la glace à la fenêtre en février.* »

La Saint Nicolas, protecteur des eaux et des enfants

Archevêque de Myre mort en 324, fêté le 6 Décembre, protecteur des enfants. Selon la légende, il ressuscita trois enfants tués par un boucher.

Apprécié des enfants, il est fêté dans l'Est de la France, les pays germaniques et même au-delà. Dans les écoles lorraines, la fête commençait au cours de l'après-midi du 5 Décembre. L'instituteur modifiait son programme par des chants pour l'occasion et distribuait une petite friandise aux enfants avant leur sortie. Le climat était à la réjouissance.

Après souper, les familles veillaient dans l'attente de la visite du saint homme. Le maître de maison préparait une botte de paille pour son âne. Le légendaire père fouettard, qui l'accompagnait dans son périple, traduisait finalement la part maléfique de l'âne et de son valet.

Saint Nicolas, protecteur des inondations, des marins, des bateleurs, des constructeurs de navire et des excavateurs de sable et de gravier furent jadis regroupés dans une corporation nommée «Fraternité Saint Nicolas ».

Début Décembre, c'est le temps des grandes crues, voir des inondations. Selon un dicton, si elles avaient lieu avant Noël, trois autres se produiraient avant le Printemps prochain.

Enfin, l'image de Saint Nicolas figurait sur certaines pièces d'or, tel que le florin.

La Période de Noël

La Couronne de l'Avent, symbole apocalyptique

Sur une couronne confectionnée de branches de sapin, quatre bougies blanches prennent place à égale distance. L'ensemble est suspendu par quatre rubans de couleur rouge, chacun formant une rose en guise de nœuds à leur base avant de rejoindre un point d'accroche. La sobriété étant de mise pour la période de l'Avent, aucune autre décoration n'y figure. Les couleurs blanche et rouge se rapportent à Noël.

La couronne, suspendue horizontalement dans l'espace, symbolise la marche du temps selon la philosophie du svastica ou de la croix basque. Chaque bougie borne la fin d'un cycle, l'emplacement des roses marquant leur apogée respective avant leur déchéance. La période de l'Avent résume finalement le déroulement du cycle de notre humanité, qui selon la métaphysique orientale se mesure en quatre cycles, le dernier désigné par la quatrième bougie signifiant la fin des temps. Ainsi Noël symbolise l'arrivée d'une nouvelle humanité, la lumière nouvelle annoncée par les Évangiles par l'unique théorème des paraboles : « *Le Royaume des cieux est là !* ».

L'Avent est un temps de préparation à cet évènement cosmique. En effet les Évangiles du premier et du dernier Dimanche avant Noël relate l'Apocalypse selon Saint Jean. (41)

Chaque Dimanche on allume la bougie concernée devant se consumer entièrement ce jour-là, afin de symboliser la « consommation » des temps. Allumer une bougie c'est progresser vers l'évènement en projetant la lumière à la rencontre de la « grande lumière en gestation, comme les Vierges tenant leurs lanternes en marche vers la rencontre du fiancé promis.

Les fêtes se préparent dans l'attente et la patience. Ce temps durait jadis six semaines, rappelant la montée en plénitude d'une saison de 40 à 45 jours le retour de la lumière de Noël. L'Avant, jadis commençait au lendemain de la Saint Martin, la Saint Léon, à 45 jours de Noël. (42)

Les quatre fêtes cardinales druidiques furent l'occasion d'élaborer de tels objets circulaires de végétaux, comme le collier de paille pour la Sainte Brigitte au 1ᵉʳ Février, la couronne de Mai, la couronne de légumes au 15 Août et enfin la couronne

(41) Il s'opère en quatre temps, selon la métaphysique orientale des quatre Yugas. Voir René Guénon « Le Règne de la quantité et les signes des temps » et « L'homme et son Devenir selon le Vêdantâ ». Partant du principe que le temps use l'espace, la tradition extrême orientale considère qu'aucune société, aucun monde et donc aucune humanité, ne peut être éternels. Leur fin étant programmée comme l'envisageaient les Étrusques ou le Tao même ou encore l'hindouisme dans sa démonstration des « États multiples de l'être » et dans les « 25 développements de la condition humaine » exposés dans les Védas. Tout se corrompt avec le temps et tout est voué à une certaine fin. Les quatre périodes ou quatre âges de ce monde, nommés *Yuga*, par la tradition hindoue sont dans l'ordre : l'âge d'or, l'âge d'argent, l'âge de bronze et l'âge de fer. S'ensuit à la fin de ce dernier stade, ipso facto un nouveau monde, lui-même destiné à s'achever dans les mêmes conditions.
(42) Carême se nommait jadis, Quaresme, c'est-à-dire quarante jours avant Pâques, comme le confirme le Dimanche de Quadragésima. Voir le Larousse de l'ancien français 1979.

de l'Avent. Moins gaie, la couronne mortuaire souligne la fin et le début du cycle du défunt.

Cette coutume allemande tient ses origines dans les vieilles traditions germaniques indo-européennes et mêmes hyperboréennes, et se développa vers le 17ième siècle dans les milieux protestants. En France, les premières couronnes apparaissent discrètement à Paris vers les années 1970. L'importante communauté allemande, installée depuis des siècles dans la capitale, restait jalousement attachée à ses traditions. Sans fournisseur sur place, les expatriés adressaient leurs commandes directement en Allemagne. Pour des raisons de commodités elles se tournèrent vers quelques fleuristes réputés des quartiers des Champs Élysées, proches des institutions allemandes et de l'Ambassade d'Allemagne même.

Noël Solstice d'Hiver

Le Solstice d'Hiver à l'inverse du Solstice d'Été est un temps de retour sur nous-mêmes à la manière d'une nuit réparatrice. Il ouvre la voie vers la compréhension de l'évènement symbolisé par les douze nuits saintes mais qu'un vacarme festif nous en éloigne. La Terre repliée sur elle, le temps semble à l'arrêt. L'hémisphère nord atteint le cœur de la saison hivernale. La timide restauration solaire au cours des Douze Nuits magiques de Noël, permettrait à son terme à l'Épiphanie, une bonne et profonde compréhension du sens de l'évènement. L'individu sorti de son repli retrouverait alors de nouveaux élans spirituels mesurés.

Les bergers plongés dans un sommeil profond dans la nuit de la Nativité, réveillés par les trompettes des anges, reçurent la « bonne nouvelle ». Or très loin de Bethlehem, d'autres hommes, des mages plongés dans un travail d'astrologie profonde, décident de suivre l'étoile qui les mènera à la Vérité.

Le centre de gravité de la religion chrétienne reposait sur la mort et la résurrection du Christ et coïncidait avec la Pâques Juive. Vers le 5ième siècle le Christianisme développait une théologie orientée vers la Nativité par confusion prématurée de son incarnation avec sa mort. Des circonstances particulières contribuèrent à proposer une image plus « humaine » du Christ. La mort allait dès lors alimenter une constante pathologie de la souffrance dans le Christianisme. Un tableau d'un maître, Raphaël, représente l'Enfant Jésus dans les bras de la vierge, portant un regard tragique sur sa mort à venir. Noël devint la fête anniversaire de la naissance du Sauveur.

*

À Rome vers l'an 182, des manifestations d'esclaves païens prirent une ampleur considérable en faveur du culte de Mithra, le dieu solaire fêté le 25 Décembre au solstice. De plus en plus de Chrétiens rejoignirent ces mouvements. Impuissante à freiner les ardeurs de chrétiens d'assister aux feux de Mithra, symboles du renouveau de la Lumière, la papauté vers l'an 354, décida de fêter la naissance du Christ au Solstice d'Hiver. Or, les chrétiens ne fêtaient que les anniversaires des morts ou de ceux de leurs martyrs et bien entendu celle du Christ sur la Croix et seule l'Épiphanie symbolisait, comme son nom l'indique, la manifestation, la fête de Noël n'existant pas encore. Finalement la grande fête de Mithra des débuts du christianisme perdit progressivement son faste au profit du Noël chrétien. La décision d'élever la naissance de l'Enfant Jésus au-delà de l'Épiphanie eut de nombreuses conséquences sur le comportement à venir du monde chrétien!

Mithra signifie la pluie. Elle descend du ciel chargée des influences spirituelles sur la terre et possède un rapport avec la Lumière. Le mouvement religieux fit des adeptes très rapidement jusque dans le Nord de L'Europe et ce phénomène a certainement favorisé l'aspect solaire du Christ et à terme la valorisation de l'homme et l'humanisme.

Les fidèles de Mithra sortaient des grottes à minuit de la nuit du 24 au 25 décembre en clamant : « *La Vierge-Mère a enfanté ! La lumière croît !* » Ils s'agissait de la Vierge-Mère égyptienne Isis épouse d'Osiris, mère d'Horus. Les égyptiens se représentaient la renaissance du Soleil par un petit enfant ou un nouveau-né. A titre documentaire, revenons à la mythologie germanique du Solstice d'Hiver.

*

Les rites tribaux germaniques nous apparaissent barbares et choquent nos sensibilités. Le père, chef de la tribu, avait droit de vie et de mort sur son nouveau-né que l'on déposait à ses pieds dès la naissance. Le renverrait-il dans le monde d'où il vient ou le rendra-t-il mortel en le livrant au sein maternel et à la nourriture terrestre ? Rapproché de l'horrible massacre des Saints Innocents, l'épisode mythologique germanique pourrait nous apparaître plus convenable. Quant à l'ange de la mort envoyé par Dieu sur chaque premier-né égyptien en gage de la délivrance du peuple juif (43) nous interroge sur la place de la mort des traditions des peuples anciens. La notion de sacrifice fait horreur au monde moderne qui cache hypocritement la mort, alors qu'elle alimente une froide culture de la mort.

D'autres tribus germaniques désignaient leur futur roi parmi les premiers nouveaux nés au cours de la nuit du Solstice d'Hiver. Le règne de cet enfant durait trois ans et débutait au jour de ses trente ans ! A l'issu de son règne bref il était mis à mort. Cela rappelle sans aucun doute la naissance de Jésus « Roi d'Israël », né au Solstice d'Hiver, entré dans sa vie publique à l'âge de trente ans et mis à mort trois ans plus tard sur la Croix ? Curieuse coïncidence ?

Dès la tombée de la nuit du solstice d'hiver, les tribus germaniques se mettaient en quête de l'Enfant-Roi et lui rendaient hommage, comme les Rois Mages partis à la

(43) Exode 12

recherche de Jésus Roi dans les Trois Mondes. Cela nous renvoie chez les Tibétains partis à la recherche de l'enfant incarnant le Dalaï Lama . Selon la mythologie germanique, les enfants, promis au règne, naissaient de vierges conçues par la déesse Nerthus au cours de son apparition neuf mois plutôt et cela nous rappelle l'Annonciation à Marie par l'Ange Gabriel. La même déesse Nerthus guidait les chefs de tribu dans leur recherche de l'enfant futur roi. Elle apparaissait dans le ciel sur un chariot tiré par des rennes, une branche de sapin à la main, désignant aux hommes le chemin, comme les anges guidèrent les Bergers de Bethléem ou encore comme l'Etoile des Mages venue d'Orient.

L'arbre de Noël, symbole germanique

Choisi jadis en forêt avec soins, il symbolisait l'espérance du retour de l'Été ou celui du Paradis perdu (?). Quelques symboles trouvaient une place sur les branches en guise de promesse du retour des richesses de l'Été ou du Jardin d'Eden. Accessoirement une étoile, symbole du Soleil de minuit, posée au sommet de l'arbre symbolisait le sommet de la connaissance. Avec un peu d'imagination, la forme du sapin dans sa géométrie suggère la pyramide coiffée d'une pointe étincelante.

L'arbre de Noël nous vient également des pays germaniques héritiers d'un temps où la verdure des forêts entrait au cœur des habitations. Odin, dieu de la mythologie germanique visitait alors la terre lors de la fête du Yule.

Les Douze Nuits Saintes reconstruction de l'univers

L'année s'achève comme s'achève un monde. Il faut alors le reconstruire. L'empereur de Chine quittait alors son palais du *Mi Tang* pour se rendre devant les Douze Portes de la Cité Interdite, représentant les douze constellations, pour reconstruire symboliquement l'Univers. Ainsi les douze nuits entre Noël et l'Épiphanie rétablissent l'année. Les Rois Mages de l'Orient empruntèrent ce Champ des Étoiles, *Campo Stella*, pour se rendre à Jérusalem reconnaître l'Enfant Jésus Roi dans les Trois Mondes !

*

Qu'il faisait bon veiller dans l'obscurité dans l'attente des premiers coups de cloches de la Messe de minuit ! Avant de répondre à cette invitation, les paysans rendaient une dernière visite à l'étable, la « crèche naturelle ». Elle semblait attendre l'arrivée de la Sainte Famille. Les vaches paisibles sommeillaient et les veaux hébétés surpris sursautaient en se redressant maladroitement. Les bœufs encore debout, calmes et sereins et le chien, fidèle gardien, s'étonnaient d'une visite en cette heure tardive. Agni, dieu hindou du feu, naît parmi les vaches et les bergers.

Le Rig-Véda relate :

> « *Le nouveau-né a pris place à l'intérieur de la crèche. Le veau a mugi.*

Combien, pour avoir abusé de ce moment passé à l'étable, emportait à l'église une odeur de crèche, bien vite dissipée par celle de l'encens !

Et voici l'instant solennel ! Sorti de la plus profonde nuit de l'année, le prêtre précédé de ses « ministrants » pénètre dans l'église, soudainement éclairée, en tenant dans ses mains l'Enfant-Jésus présenté au village rassemblé. S'approchant de la crèche il y dépose le divin bébé. C'est Noël à présent ! Cette nuit, selon la tradition populaire, sera celle des miracles :

> « *L'eau se transforme en vin, les portes peuvent parler et seuls les innocents peuvent comprendre.* »

Le Père Noël, c'est le « Père Nouveau », l'héritier du *Wintersmann* germanique, la représentation hivernale du Dieu de la Nature. Coiffé d'un bonnet aux couleurs de Noël rouge et blanche et chaussé de bottes de cuir, sa silhouette rappelle celle du prince des gnomes du petit monde. Ces personnages distribuaient des richesses, comme les généreuses fées, au cours de la nuit, la fortune venant du monde subtil !

Jean-Charles Pichon rapporte (44) :

« ...Plutarque nous apprend que les premiers des rois (étrusques) avaient modifié le calendrier, selon les enseignements égyptiens, en remplaçant l'ancienne année de dix mois par une année de douze mois. Désormais, février (mois de purification) et janvier (mois de Janus) ouvrirent l'année au lieu et place du mois vernal. »

Januarus, de Janus en latin, signifie passage, *Janua* signifiant l'ouverture vers la lumière. Janus, une divinité à double face, regarde derrière lui le passé et devant lui le présent insaisissable. Sa figure fut reprise pour symboliser le Christ tenant la clef du monde ancien et celle du monde nouveau.

Avant l'an 354, Noël fêté le 6 janvier marquait la reconnaissance suprasensible de Jésus par son baptême dans le Jourdain par Saint Jean Baptiste. Depuis Noël répond à un instinct de recueillement « physique » du peuple. En revanche, les Rois Mages grâce à des influences supraterrestres obéissent au message révélé « dans les astres, » comprenons par la métaphysique.

Le dieu païen du vin Dionysos, associé indirectement à l'épisode des « Noces de Cana » dans le cadre liturgique de la première manifestation de Jésus, représente le dieu de tout le genre humain : esclaves, pauvres et riches ! Le vin de glace si

(44) Les jours et les nuits du cosmos » aux éditions Robert Laffont, 1963.

particulier aux régions Mosellanes et Rhénanes, nommé en allemand *Köenigswein* (vin royal) ou *Eiswein* (vin de glace) est récolté dans cette nuit épiphanique des Rois Mages.

Le monde orthodoxe célèbre Noël, selon le vieux calendrier Julien, le 4 Janvier, avant et veille de l'Épiphanie (45), soit le onzième jour après le solstice. Selon la tradition populaire on tire les rois en famille par le partage entre convives d'une galette dans laquelle le pâtissier ou la ménagère a glissé discrètement une fève ou un objet de faïence, le sort désignant l'heureux élu, sera proclamé roi du moment. Voilà encore un substrat d'un rite celtique faisant appel « à la magie populaire » telle que nous le verrons pour le partage du Bretzel à la mi-carême.

Gourdéizioù

Ce mot d'origine bretonne signifie « les grands jours » ou « les douze jours ». Ils s'écoulent de Noël à l'Épiphanie : soit 6 jours après Noël et 6 jours après le Jour de l'An. Ils préfigurent les 12 mois de l'année à venir. L'observation régulière du temps météorologique de ces journées nous permettra la prédiction du temps météorologue de l'année nouvelle, mois par mois. Cet usage reste vivant en Bretagne, en Chine, au Japon et en Arménie, et le fut en son temps en Mésopotamie. À essayer. Les douze premiers jours de tous nouveaux nouveau-nés résumeraient ses douze premières années de sa vie.

Dicton

« À l'Épiphanie les jours rallongent d'un pas de poule »

(45) Épiphanie signifie la révélation divine.

L'ouverture du Printemps celtique

Premier Février, Imbolc, fête de lustration

Februarus signifie en latin le mois de purification. L'irlandais désigne le jour de la fête de Brigitte *(lá Fhéile Brighde)* : *Feabhra.*

La tradition celtique fixe au 1er Février le premier jour du Printemps, qu'elle nomme *Imbolc,* marquant ainsi la sortie de l'Hiver. L'Irlande adosse cette fête de lustration à la Sainte Brigitte, héritière chrétienne de la Déesse *Briga* ou *Brigentia* de Bretagne Armoricaine. Ce passage saisonnier agit sur la nature, comme toutes les fêtes cardinales celtiques, l'individu éprouvant faiblesses, maladies. L'atmosphère subit des bouleversements météorologiques : vents violents, notamment à la Saint-Blaise, le 3 Février.

*

2 Février, la Chandeleur, fête des lumières

Située à environ quarante jours du Solstice d'Hiver, elle représente le sommet d'une période d'incubation nécessaire à la mutation de l'événement cosmique de Noël. La saison marquera son apogée à la Saint Joseph, le 19 Mars. L'usage veut que l'on plante des pommes de terre ce jour-là.

L'Église fête à la Chandeleur et la purification légale de la Vierge Marie. Elle organisait à cette occasion une procession, les fidèles portant des cierges. Jadis, quarante jours après la venue de leurs nouveau-nés, les femmes assistaient à un office de purification. Selon la légende, Sainte Brigitte, la sainte patronne des accoucheuses, fut présente au moment de la venue au monde du Christ.

La veille de la Chandeleur, les villageois se réunissaient, pour veiller, discuter et chanter même. Quelques galettes accompagnées d'un peu de vin de Moselle, attendaient les convives. On sortait pour l'occasion le beau chandelier en cuivre, *de Känki*. Les plus pauvres n'allumaient qu'une bougie ordinaire. Ces mêmes paysans, trois mois plus tôt, jour pour jour, allumaient de telles bougies sur les tombes de leur famille. Les paysans versaient un peu de cire des cierges bénis sur du pain donné aux animaux domestiques afin qu'ils bénéficient des grâces protectrices célestes. Dans le monde celtique, le bétail représentait la richesse des campagnards et c'est au nombre d'animaux que l'on estimait leur fortune et non pas sur la superficie de leurs terres. *Véi* en germanique (prononcer *féi*), désigne le bétail, proche de l'anglais *fee* désignant une commission en numéraires. Le règlement d'une dette importante se réglait en bétail.

La Chandeleur c'est aussi l'occasion de faire des crêpes.

À la Chandeleur si l'on remarque l'ombre d'un blaireau, le froid reprendra alors pour six semaines.
Si l'ours montre sa patte à la Chandeleur, alors il se recouche pour six semaines.
A partir de la Chandeleur les maçons peuvent à nouveau obtenir un crédit (fournisseur).

Encore de nos jours Sainte Brigitte d'Irlande, fait l'objet de dévotions et de pèlerinages au couvent de Prüm dans les Ardennes Allemandes (*Eifel*). Dans la chapelle les pèlerins peuvent vénérer la sainte, qu'une statue représente accompagnée d'un veau. Elle est aussi la patronne des poètes, des forgerons, des accoucheuses, des guérisseuses, des enfants, mais aussi la protectrice des vaches et des veaux.

En Irlande, au soir d'Imbolc, le maître de maison présidait une cérémonie familiale avant un repas amélioré au cours duquel il allumait également des bougies. Dans la journée, avec des herbes sèches coupées dans la lande ou encore avec de la paille de l'année précédente, il tressait une croix, dite de Sainte Brigitte. L'objet de piété prend sa place au-dessus de la fenêtre de la cuisine ou dans une pièce orientée à l'Ouest afin de protéger la maison des tempêtes et des éventuels enlèvements de la toiture. Le passage d'une saison à l'autre peut entraîner des violences météorologiques importantes, notamment au jour de la Saint Blaise le Trois Février. À l'occasion d'Imbolc, les litières des animaux domestiques étaient rafraîchis.

Le chef de famille tressait également des ceintures de paille (*crios*). Chaque membre de la famille et tous les animaux de la ferme devaient passer par cette « couronne », symbole de protection, à la manière du passage sous la gerbe de gui au nouvel an au cours de cet exercice on clamait : « *Au Gui l'an neuf !* ». Le bétail recevait un nouveau collier de paille décoré de motifs dorés en guise de protection.

Saint Blaise le 3 Février, guérisseur

Aux fêtes cardinales suit généralement un ensemble de fêtes de saints personnages, liés aux passages saisonniers, par exemple : Blaise, Véronique et Agathe.

Évêque de Sébaste en Arménie, Saint Blaise meurt en 316 au cours des persécutions de Lucinius. Fêté le Trois Février, son nom laisse entendre diverses significations. Par exemple, *blasen* et **bloosen** (46) signifient en langues germaniques souffler, les jours de la Saint-Blaise étant souvent venteux. En vieux celtique, *Blez* le loup, est à l'origine du nom de la ville de Blois.(47) À ce propos, le radical celtique « *oi* », prononcé « *oua* », se retrouve dans le nom de la Loire signifiant « le fleuve de l'Ours » propre à la tradition celtique. Certaines localités de l'Ouest de la France, telle que Oiré en Anjou, se trouvent liées à l'ours symbole royal celtique, pour son château aujourd'hui disparu.(48)

Les passages de saison provoquent des remous météorologiques, comme tout événement cosmique à l'origine d'indispositions corporelles, de décès, sans compter les dégâts provoqués par la nature. Le saint personnage appartient au groupe des saints auxilaires * guérisseurs. Il soigne la gorge. Il guérit un enfant qui avala une arête de poisson. Dans plusieurs dialectes du sud de la France, y compris dans la langue Basque, *Garganta* désigne la gorge, comme le géant Gargantua, le grand avaleur d'eau. Selon Rabelais, Gargantua né à la Saint Blaise, offrit son arête de poisson aux Angevins, qui lui offrirent du vin

(46) Un ballon ou une vessie insufflée d'air est nommé **Blooss** en luxembourgeois.
(47) La ville de Blois se situe sur les bords de la Loire.
(48) Oiré est une petite localité dans les vignobles, proche de la petite ville du Puy-Notre-Dame dans le Maine et Loire.

rosé, rapporte la légende. Avant d'avoir eu la tête tranchée, puis précipité dans l'eau, il se redressa, se signa de la croix puis marcha sur l'eau. C'est encore un rapprochement avec Gargantua sauveur des inondations. Le fils de ce dernier Pantagruel est né à la Saint Christophe, le passeur des fleuves et des gués.

Habile médecin, Blaise vécu en ermite et en harmonie avec les animaux. Réfugié dans la montagne, les bêtes fauves venaient vers lui se faire soigner et recevoir sa bénédiction. Sainte Agathe fêtée le jour suivant, le 4 Février, patronne de la lactation des animaux !

Saint Blaise encore représenté sous les traits d'un prêtre byzantin, serre deux cierges croisés sur sa poitrine (Rappel de la Chandeleur). Le jour de la Saint Blaise, le prêtre impose aux fidèles qui le désirent à chaque côté de leur gorge deux cierges enflammés croisés en invoquant le saint guérisseur des maladies de gorge ou de la guérison de tels maux. L'intercession des saints auxiliateurs est bénéfique. A essayer...

Les Véronique, saintes guérisseuses

Véronique au Voile du Christ

À la 6ième station du Chemin de Croix, une femme apporta son secours au Christ. Sur son visage ensanglanté par le port la couronne d'épines, Véronique posa un voile immaculé. Le linge reproduisit alors miraculeusement le visage tuméfié du Saint Sauveur.

Véronique la femme malade d'hémorragie permanente

Les Évangélistes rapportent qu'une femme dans la foule, encouragée par sa foi, toucha discrètement la robe de Jésus à son insu. Elle est miraculeusement guérie. Le Christ ressentant une immense fatigue au moment même, sans avoir aperçu cette personne, prit sur lui la maladie. Il interrogea la foule, « *Qui m'a touché ?* ».(49) Cet épisode évangélique nous renvoie à l'origine latine de l'appellation *Véronicu Becce Bunga* une plante de cresson, traduite par « *Véronique des ruisseaux.* »(50) Selon un ouvrage botanique allemand(52), cette plante médicinale soignerait les rhums, bronchites et pneumonies, sachant qu'il s'agit d'une plante *Rachenblüte*, c'est à dire fleur de gosier ou de gorge. Le mot allemand *Rache* vient de *Raubtiere* : oiseaux de proie. Le lien avec Saint Blaise est évident.

Les propriétés du cresson, toujours selon l'ouvrage botanique, seraient liées au glycoside, un produit naturel formant du glucose, sous l'influence d'agents d'hydratation. Or, le radical de glycoside, lycos, désigne le loup. Encore un lien avec Saint Blaise.

Certains auteurs établissent un rapport entre Sainte Véronique et Mélusine. La fée se métamorphosa en Dragon après la trahison de son mari Raimondin, puis s'envola avec ses enfants.

(49) « *Au 5ième siècle, Eusèbe de Césarée relate dans son Histoire ecclésiastique (livre VII, § XVIII) avoir vu lui-même à Panéas (aussi connue sous le nom de Césarée de Philippe), devant la maison de la femme hémorrhoïsse* « *que les Saints Évangiles nous apprennent avoir trouvé auprès de Notre Sauveur la délivrance de son mal* » *(Mt 20) une statue représentant Jésus* « *magnifiquement drapé dans un manteau* » *guérissant cette femme ; à ses pieds était figurée une magnifique plante médicinale,* « *antidote pour toutes sortes de maladie* ». Wikipedia.
(50) *Bunga* est le mot allemand latinisé de *Bung* qui signifie verger ou terre agricole **Bongert** en luxembourgeois.
(51) *Lehrbuch der Botanik de Schmeil-Seybold* – Verlag Quelle und Meyer – Leipzig – 1940.

FÉVRIER

Temps probable

Au début pluvieux ; beau les 9, 10 et 11. Puis neige et gel jusqu'à la fin du mois.

Position des Planètes

Mercure : Dir. jusqu'au 19, puis retr. dans Verseau ; le 13 plus grande élong. est du soleil ; le 28 conj. inf — Etoile du soir, meilleure visibilité entre le 11 et 21-2.

Vénus : Dir. dans Verseau. — Etoile du soir, visible jusqu'à 18 h. 05 mi-mois, 18 h. 43 fin du mois.

Mars : Dir. dans Scorpion. — Visible à partir de 2 h. 38 début du mois, 1 h. 58 fin du mois.

Jupiter : Retr. jusqu'au 10 dans Taureau, puis dir. — Visible début toute la nuit, fin du mois jusqu'à 2 h. 54.

Saturne : Dans Vierge, dir. jusqu'au 18, puis retr. — Visible début à partir de 1 h. 08, fin du mois à partir de 23 h. 18.

Almanach de l'agronome

Profiter du beau temps pour tailler la vigne, les espaliers et les arbustes à baies. Commencer à creuser les trous pour y planter des arbres fruitiers au printemps. Rajeunir les vieux arbres qui ne développent plus assez de sève et ne portent presque plus de fruits en raccourcissant les branches d'un tiers de leur longueur. Echeniller les arbres fruitiers (les œufs de chenille se trouvent souvent enroulés dans les feuilles mortes restées aux arbres). Donner un plombage aux céréales d'automne qui ont été soulevées par le froid. Continuer à établir des couches, pour y semer de bonne heure, radis hâtifs, carottes, épinards.

1954 — FÉVRIER

		Catholique	Protestant	Signes	Lever	Coucher	Phénomènes et temps probable
						Cours de la lune	
Lun.	1	s Ignace, ste Brig.	Brigitte	14	6 30	14 58	couvert.
Mar.	2	Purification	La Chandeleur	27	7 07	16 15	♀ à l'apogé..
Mer.	3	s Blaise	Blaise	11	7 38	17 35	◖16.55, ♂♀ et
Jeu.	4	s André Corsini	Véronique	26	8 04	18 56	♂ □ ⊙.
Ven.	5	ste Agathe	Agathe	10	8 27	20 18	plu-
Sam.	6	s Tite, ste Doroth.	Dorothée	25	8 49	21 39	☽ au périgée
7		*Parab. de la sem. et de l'ivraie.* Matth. 13				Durée du jour 9 heures 52 min.	
Dim.	7	5. s Romuald	5. Richard	10	9 11	22 59	
Lun.	8	s Jean de Matha	Salomon	24	9 36	—	vieux,
Mar.	9	s Cyrille d'Alex.	Apolline	9	10 03	0 20	♂♄ beau,
Mer.	10	ste Scholastique	Scholastique	23	10 38	1 39	☽ 9.29
Jeu.	11	N. D. de Lourdes	Apollinaire	6	11 21	2 55	♂♂
Ven.	12	Les 7 frères fond. Serv.	Damien	20	12 14	4 03	♂ ♃ neige,
Sam.	13	s Benoît d'Aniane	Jonas	3	13 16	5 00	très
8		*Parab. des ouvr. dans la vigne.* Matth. 20				Durée du jour 10 heures 14 min.	
Dim.	14	Sept. s Valentin	Sept. Valentin	16	14 25	5 43	
Lun.	15	ss Prict, Amarin et Elide	Daniel	29	15 34	6 19	□ ♄ E. froid,
Mar.	16	s Ludan	Julienne	12	16 45	6 46	très
Mer.	17	s Théodule	Constance	24	17 55	7 09	◗ 20.17
Jeu.	18	ste Bernadette	Concorde	7	19 00	7 28	□ ♂ E.
Ven.	19	s Boniface	Suzanne	19	20 06	7 46	⊙ entre dans ♓
Sam.	20	s Eucher	Eucher	1	21 11	8 04	froid
9		La parabole du semeur. Luc 8				Durée du jour 10 heures 36 min.	
Dim.	21	Sexag. s Maximien	Sexag. Eléonore	13	22 15	8 21	
Lun.	22	Chaire de s Pierre à Ant.	Gosert	25	23 20	8 41	☽ à l'apogée
Mar.	23	s Pierre Damien	Josué	7	—	9 03	♂ ♄ très
Mer.	24	s Matthias ap.	Matthieu	18	0 26	9 29	
Jeu.	25	s Léobard	Victor	1	1 31	10 02	froid,
Ven.	26	s Nestor	Nestor	13	2 33	10 42	☽ 0.29, ♂♂
Sam.	27	s Gabriel de la Vierge D.	Léandre	25	3 30	11 34	
10		*Jésus prédit sa passion.* Luc 18				Durée du jour 11 heures 0 min.	
Dim.	28	Quinq. s Romain	Estomihi Romain	8	4 20	12 37	pluie

Lever du soleil	Coucher du soleil	
Le 7, à 7 heures 49	Le 7, à 17 heures 41	
Le 14, à 7 heures 38	Le 14, à 17 heures 52	♓ Le soleil entre dans le signe des *Poissons* le 19.
Le 21, à 7 heures 26	Le 21, à 18 heures 02	
Le 28, à 7 heures 13	Le 28, à 18 heures 13	

La Saint Valentin, le sort du mariage

Saint du début de la christianisation de la Gaule, inscrit le 14 Février au calendrier Julien, il est honoré au calendrier grégorien le Dimanche de Laetare, à trois semaines de Pâques. Il s'agit d'une pause dans le carême.(52) A cette occasion nos régions de l'Est de la France et de la rive gauche du Rhin confectionnent en famille le bien connu Bretzel. Il s'agit d'une corde de pâte à pain sans sucre, entrelacée et déposée en demi-cercle sur une plaque en tôle pour être cuite dans un four très chaud.

Saint Valentin, promu abusivement patron des amoureux, présidait jadis aux promesses de mariage dans le monde de la terre, toutefois à certaines conditions. Dans de nombreuses paroisses de la Vallée de la Moselle, en Lorraine, en Allemagne et dans l'ancien « grand Luxembourg », Valentin était encore invoqué pour la guérison des maladies particulières des

(52) La mi-carême était fixée le 14 Février au calendrier Julien.

animaux, le porc notamment. Le saint personnage faisait l'objet de pèlerinages. Les pèlerins déposaient dans le chœur de l'église un van, de la charcuterie et des céréales. En Allemagne il était invoqué contre les épilepsies.

Les origines de la fête des « amoureux »

Au 15ième siècle la cour de Londres rend visite à celle de Luxembourg. Les visiteurs Anglais découvrent une façon originale de déclarer habilement leurs sentiments aux jeunes filles en leur offrant en toute discrétion un simple cadeau le jour de la mi-carême. Cet usage « bon enfant » fut inspiré des campagnes environnantes encore empreintes de nombreux usages anciens. La cour anglaise importe cette coutume, qui se propagea dans le monde anglo-saxon puis dans le monde occidental.

Les campagnes restèrent longtemps soumises à de vieilles traditions et à des usages hérités du monde celtique, tel que des pratiques divinatoires domestiques, comme l'approche de Pâques, propice aux projets de mariages qui se réaliseraient peut-être l'Été prochain.

À la mi-carême, les jeunes gens, nommés pour la circonstance « Valentins », attendaient sur le parvis de l'église, à la sortie de la messe, la jeune fille objet de leur amour, rencontrée certainement l'Été dernier au bal de la kermesse du village ou encore lors d'un mariage en tant que garçon d'honneur des mariés. Dès l'apparition de la jeune fille, le soupirant se présentait à elle pour lui offrir un Bretzel. Si cette belle demoiselle l'acceptait, le jeune homme lui tendait en le retenant légèrement de sorte qu'il se déchire au moment où la jeune Valentine le saisissait avec une énergie mesurée. Le bretzel brisé, la plus petite part désignait celui qui partirait le premier dans l'autre monde, toutefois si l'union se réalisait. La jeune fille réservait sa réponse au Jour de Pâques par un cadeau de retour, soit un œuf, non pas en chocolat, mais véritable. L'œuf représente un symbole de fécondité fort. Fonder une famille avec beaucoup d'enfants répondait alors au sens du mariage.

Aux années bissextiles l'ordre des choses était inversé. C'est aux jeunes filles que revenait le soin d'offrir le bretzel et aux garçons de répondre à Pâques. Ce renversement de valeurs répond parfaitement à la philosophie des carnavals, notamment en Allemagne, où les femmes invitent les hommes à danser, contre tous usages « en temps normal ».

L'authentique Bretzel aux gracieux entrelacs celtiques, mesure entre 20 et 25 cm. Confectionné d'une pâte sèche au saindoux, très cuite, un vernis alimentaire et de gros sel le recouvre.

La figure du Bretzel est entrée dans le logo de l'entité administratif de la Communauté Économique Européenne d'Alsace !?

La période pascale

Carnaval et Carême

De nombreux rites marquaient cet évènement cosmique, notamment celui d'un renversement du temps et des valeurs. Le terme Carnaval tient ses origines du latin « *carne levare* », c'est à dire une « levée de la viande » pour un temps de carême, de jeûne et de purification, imposé par la religion à la sortie de l'Hiver. Ce temps d'abstinence débute et s'achève par la fête où tous les excès étaient tolérés, héritage païen de grands débridements : déguisements, défilés de chars, orgies dans le sens antique du mot, c'est à dire d'excès divers dans les costumes, dans les comportements et la musique. Carnaval possédait cependant un sens beaucoup plus large. Il s'agissait d'un temps d'incubation du changement de saison de 40 à 45 jours. Toute fête étant une rupture, le Ciel à nouveau se fissurait pour une nouvelle rencontre du monde des vivants et de celui des morts. (53 page suivante)

Mardi-Gras, comme son nom l'indique représente le dernier jour d'une alimentation riche après Carnaval. La tradition voulait que l'on confectionnât une gamme de gâteaux, comme les « petits pains des sœurs religieuses » vulgairement nommés « pets de nones » et, des bégnés à la pâte levée, coupés en forme de losange frits dans l'huile bouillante et d'autres douceurs comme les Blinis nommés imparfaitement « crêpes »(54) et encore les gaufres cuites dans de vieux moules en fonte graissés à la couenne. Les enfants chantaient de maison en maison pour obtenir le fameux pain du Mardi-Gras, *Fuesebrot.* Il était d'usage encore d'offrir le « pain des païens, *Heideweck* » qu'on glissait volontiers dans le sac à provision du jeune pâtre parti les quémander de village en village.

Carême commence finalement le Mercredi des Cendres. La prière et le jeûne purifient. La méditation, le silence modifient les états de la conscience. Le bruit rend nerveux et fou. Et la qualité de l'alimentation agit sur le mental. Ce n'est pas sans raison que la Lune gouverne en astrologie, en « maison quatre » du zodiaque(55), le psychisme et l'estomac, donc le schéma alimentaire. (56)

(53) *Carnaval. Chacun choisira tout naturellement parmi ces masques, sans même en avoir clairement conscience, celui qui lui convient le mieux, c'est à dire celui qui représente ce qui ce qui est le plus conforme à ses propres tendances de cet ordre, si bien qu'on pourrait dire que le masque, qui est censé cacher le véritable visage de l'individu, fait au contraire apparaître aux yeux de tous ce que celui-ci porte réellement en lui-même, mais qu'il doit habituellement dissimuler.* René Guénon dans „Symboles de la science sacrée".

(54) Elles n'ont rien de commun avec les crêpes que nous connaissons et se nomment *Pankesch*, c'est à dire „gâteau à la poêle".

(55) À ce propos, la vache possède quatre estomacs, « quatre » comme la maison astrologique domicile de la Lune. Notre mère nourricière, la vache faisait l'objet de la remarque populaire suivante : « *Quand Elles mangeront de la viande, elles deviendront folles... »*

(56) Le Jeûne » de Marie-Reine Geoffroy - Éditions La Vie Claire 1973 : « *Le Carême commence, pensons-nous deux jours avant Mardi gras, c'est à dire le Dimanche précédent, pour se terminer le Samedi-Saint, veille de Pâques, représente justement 7 semaines ou 49 jours. Or cette durée englobe 7 périodes de 7 jours correspondant au cycle planétaire, et 4 périodes de 12 jours, correspondant au cycle zodiacal. »* Le temps de convalescence appelé « reprise alimentaire » à la fin duquel on est en pleine possession des forces nouvelles acquises par le jeûne, doit durer, d'après les auteurs, le même nombre de jours que celui-ci. Or, ce temps aboutit exactement à la veille de la Pentecôte (7 semaines après Pâques), qui symbolise la descente de l'Esprit-Saint sur les Apôtres et l'illumination accordée par la Grâce divine. »

Enfin, tout en chantant tristement, on menait sur une civière hors de la ville, pour y être brûlé, le mannequin de paille de « l'Homme Sauvage » figure de l'Hiver. Dans d'autres contrées, la figure du géant Gargantua était enflammé, les cendres jetées dans la rivière.

Les Pâques du Vin, sortie du vin nouveau

La vigne exige beaucoup de soin tout au long d'une année. Ses feuilles une fois dorées abandonnent la couleur de l'or pour celle du sang. Alors la vigne offrira en sacrifice ses belles grappes généreuses.

C'est dans l'obscurité de la cave, en cuve ou en tonneaux que la transformation s'opère. Elle est totale ! Ce doux breuvage devient amer, piquant et il vous griserait. Arrive le printemps et le vin renaît véritablement. En Anjou, cette belle province à l'âme aussi noble que les grains de ses vignes, les vignerons disent que : « *le vin doit d'abord faire ses Pâques avant de sortir de la Cave* ». C'est une règle universelle. Comme un ressuscité, il peut sortir du caveau ayant retrouvé ses forces pour aller à la lumière.

Le crépitement des crécelles, la purification des cloches

Les cloches restent muettes lors du Tridium pascal, ce n'est pas par hasard. « *Elles partaient se confesser à Rome...* » Certes, mais d'autres raisons présidaient cette tradition héritée de l'antiquité. Outre leurs qualités physiques, les métaux sont producteurs d'influences souterraines positives ou négatives. Par exemple l'or et le cuivre émettent des influences bénéfiques, alors que le fer avec ses alliages propage des influences maléfiques. Le forgeron de l'antiquité se chargeait de la purification des métaux pour chasser leurs effets néfastes. Il appartenait à la classe sacerdotale druidique. Son art résidait dans l'initiation, au sens spirituel du mot, de l'armurerie, de l'alchimie et de la métallurgie. L'extraction du minerai le plaçait en contact avec les entrailles de la Terre et du domaine de Vulcain, maître du feu de l'infernal. De nos jours encore, l'évêque assiste à la fonte de ses cloches et récite à chaque étape de leur fabrication les prières propres à l'avancée de l'ouvrage. Le métal purifié apportera alors le « bonheur et la joie ». Décorées de végétaux (signe de purification), elles recevront la bénédiction épiscopale lors d'une grande cérémonie, avant d'être hissées au plus haut du clocher, proche du ciel. Cette cérémonie donnera lieu à des prières et à des réjouissances et chacun sera invité à tirer le battant. (57)

Dans la nuit du Jeudi au Vendredi-Saint, les cloches envolées pour Rome, les enfants de chœur avec leurs les crécelles prennent le relais jusqu'à leur retour dans la nuit de Pâques. Dès les aurores ils annoncent les angélus et les offices religieux. Sous le commandement d'un chef, le plus âgé, les enfants maîtres du temps arrosent en commando le village, quartier par quartier, du son sorti de leurs bruyants instruments antiques.

La veille de cette reprise annuelle, les crécelles sortent de leur sommeil d'une année, pour une révision attentive. Bien souvent le frottement d'une couenne de lard sur les rouages de l'instrument suffisait à sa remise en service. Héritées de père en fils, de générations en générations, elles sortaient de l'atelier du menuisier du village et du bois des arbres de la forêt du pays.

Avant la réforme liturgique de 1956, l'office du Samedi-Saint avait lieu le samedi matin. A cette occasion l'eau et le feu étaient bénis par le prêtre. Quand le prêtre entonnait le Gloria,

---

(57) « *En Bretagne la tradition populaire voulait voir dans le forgeron une certaine puissance. On retrouve cela en Afrique où les forgerons appartiennent à une caste à part. Ils se mariaient entre eux et on ne les fréquentait guère, car ils avaient la réputation d'être des magiciens. Ils forgeaient des armes, redoutable pouvoir, et connaissent la vertu des poisons.* » Pierre-Jakez Hélias et Jean Markale - La Sagesse de la Terre - Petite bibliothèque Payot.

les cloches « revenaient » à cet instant. Dès lors, les enfants de chœur rangeaient pour une année leurs crécelles alors qu'ils rebrandissaient vigoureusement les sonnettes du Chœur à cet instant solennel.

La Messe achevée, sous la direction de leur chef, les enfants récoltaient le plus beau des cadeaux : les Œufs de Pâques.(58)

Le Lapin et l'œuf de Pâques, renouveau et énergie

Il est question tantôt de lapin tantôt de lièvre selon la culture régionale. Dans l'Est de la France il s'agit du Lièvre de Pâques. Ses oreilles forment les rayons du Soleil alors que les plumes du coq rappellent le croissant de la nouvelle Lune.

Au petit matin de Pâques, les enfants se levaient avec hâte pour se rendre au jardin, découvrir les œufs déposés par le Lièvre dans un grand « nid » de paille et de branchages qu'ils avaient confectionné la veille. Cette tradition a disparu depuis l'abondance du chocolat acquis dans les grandes surfaces dès la Saint Valentin.

La coutume voulait que l'on s'offrît également des poules, des lapins, des cloches en chocolat ou en diverses sucreries en

---

(58) « *Tarabara* » traduit crécelle en breton. Ce mot peut être rapproché de *Tohu-bohu* issu également de « *toroul borou* ». Troublant ? La locution hébraïque « *tohù webohù* » de la genèse désigne le chaos avant la création du Monde. Par extension il signifie une grande confusion, l'accent étant mis sur le bruit et un tumulte effrayant. En effet entre le Jeudi-Saint et la Nuit de Pâques n'est-ce pas le chaos ?
Tarabara est également cette Roue de la Fortune attestée à quelques exemplaires dans les chapelles et églises bretonnes et dont le symbolisme est celui de l'évolution et de l'involution humaine en même temps que l'expression du hasard, la Fortune étant l'ensemble des causes secondes par l'intermédiaire desquelles Dieu gouverne sans jamais s'y mêler. La roue de la fortune. Taranis, dieu gaulois, équivalent de Jupiter, avait pour symbole la roue. Il tenait à la main la roue cosmique. Le sens théonymique de Taranis est tonnerre, en gallois et breton Tarann, Taranis dieu celtique du ciel et de l'orage. La crécelle est construite en bois de cet arbre de la vérité ou de l'axe cosmique dont était également constitué le tambour du Chaman qui lui permettait de voyager aux enfers. *Tarabara* est si proche de Tambour... mot de la langue française et portugaise.

ce petit matin de Pâques. Ce sont toutes des représentations ou des symboles forts remontant à la nuit des temps.

L'œuf symbolise le « Big-bang » par l'explosion de sa coquille, laissant échapper le jaune : le Soleil, et le blanc : la Lune. Le jaune d'œuf rappelle l'or et la puissance. Le blanc rappelle la Lune, le côté psychique des êtres et des choses.

Symbole d'origine chinoise, le lièvre ou le lapin, annonce le retour du Printemps. Les Chinois qualifient la Lune de « le Lapin de Jade » et distinguent un lapin dans le cercle d'argent.

La Lune fixe le jour de Pâques au Dimanche suivant sa plénitude de l'équinoxe du printemps, le 21 mars. Il s'agit d'un nouveau cycle de la vie et du retour des temps.

*

Les œufs de Pâques subissaient une cuisson préalable avant coloration par le persil, les oignons et d'autres produits naturels qui servaient de colorants.

Enfin jadis pour avoir rendu service un enfant recevait parfois en récompense un œuf frais.

Procession d'Orcival en Auvergne, lendemain des Rogations (Fête de l'Ascencion)

Les Saints de Glace et les Rogations

L'hiver officiel n'a plus cours, pourtant il y a des matins qui surprennent !

C'est la période de la Lune Rousse tant redoutée par les agriculteurs et les jardiniers. Malgré les tendances à la hausse des températures timides et hésitantes, celles-ci subissent au petit matin des retombées brutales et inattendues , ô combien désastreuses pour nos frêles plantations, mortelles pour nos vergers en fleur.

La nature capricieuse mène le combat pour son renouveau contre cet Hiver qui s'attarde. Les paysans connaissaient les surprises désagréables de cette époque des Rogations, malgré toutes les précautions prises. Ces turbulences produisent des inondations fréquentes au mois de Mai, traditionnellement mois des orages et de la fonte des neiges tardives en hauteur et cela alimentent subitement les cours d'eau. Des mois de Mai et de Juin sans pluie ni orage sont pourtant anormaux. (59 page suivante)

Les campagnes s'en remettaient à la clémence du ciel par l'intercession des célèbres Saints de Glace lors des processions des Rogations. Cette période météorologique chaotique agit au plus fort les 11, 12 et 13 Mai, respectivement à la Saint-Pankras, la Saint-Servais et à la Saint-Boniface.

Les Rogations devenues fêtes mobiles, depuis le passage du calendrier Julien au calendrier Grégorien actuel, sont fixées par la position de la Lune et ne coïncident donc plus avec les jours fixes des fêtes des Saints de Glace d'antan. Peu importe, la nature ne se soumet à aucun décalage calendaire.

Les processions se déroulaient les Lundi, Mardi et Mercredi de la semaine de l'Ascension célébrée le jeudi, dix jours avant le Dimanche de la Pentecôte. Rogations vient du latin *rogare* qui signifie demander, solliciter et interroger.

Trois matins de suite, de bonne heure, une procession formée au départ de l'église paroissiale emmenait les fidèles et leur curé accompagné des enfants de chœur, à travers champs par un chemin de terre différent chaque jour. Les frêles plantations recevaient la bénédiction du prêtre.

Ces invasions matinales surprenaient les lièvres, immobiles un instant, avant de prendre une fuite folle ! Les canards, ne craignant aucune saison, pratiquaient déjà à ces heures glaciales leur navigation paisible sur l'eau de la rivière encore enveloppée des vapeurs matinales.

*

Notre-Dame des Trois Épis est apparue à un paysan des Vosges. Elle portait un glaçon dans la main gauche et trois épis dans la main droite, signes de danger pour les récoltes.

(59) Toute évaporation crée du froid. Ce qui explique le froid de certains matins d'Été.

Heemount - Le temps de fenaison

L'ouverture de l'Été

Le Premier Mai et Beltaine celtique

Summum de l'Été celtique, le Premier Mai préside le mois le plus beau et le plus sensible sous l'effet d'une conjoncture cosmique exceptionnelle. L'eau de Mai présente des propriétés hors du commun et faisait l'objet d'un culte particulier où la femme et la Lune y tenaient une place prépondérante. À cette date, au cours de la nuit, on plantait encore au 19ième siècle un arbre devant les fenêtres des jeunes filles à marier et les hommes arboraient au revers de leur veste une fleur d'églantine.(60) En cette période de floraison totale et subite des prunelliers et des aubépines, la nature revêt une blancheur générale.

C'était la fête celtique du Druide à l'origine de la Saint Philippe patron des alchimistes.(61 page suivante) Le 1er Mai

(60) Rose blanche ou rose sauvage à cinq pétales et signifie modestie, solitude, etc...

moderne déclare ce jour « Fête du Travail » par référence aux alchimistes nommés « Les Travailleurs ». Cette période ne manque pas de traditions, d'usages et de survivance de croyances anciennes. Le relativement récent brin de muguet offert a chassé la traditionnelle fleur d'aubépine offerte au 1er Mai. La légende rapporte : « *Fuyant le roi Hérode après la Nativité, la Sainte Famille, en route pour l'Égypte, s'abrita sous l'aubépine durant un orage* ». Depuis, elle aurait le pouvoir de protéger les maisons de la foudre. Pour les celtes, cet arbuste fut la résidence des fées. Elles « dormaient » dans leurs racines où nombre de vierges noires furent découvertes. Hermaphrodite, dotée d'organes mâle et femelle, symbolise la virginité. Jean Markale écrit à ce sujet :

> « *Au 19ième siècle à Metz on allait en procession à la Porte des Allemands, le matin du Premier Mai. Là, se trouvait la "Bonne Fontaine" dont on buvait l'eau. Ensuite, on dansait, mais on portait à la boutonnière une petite branche de verveine, l'herbe sacrée par excellence, dont parle Pline l'Ancien à propos des druides.* »(62)

Le muguet offert tient ses origines d'une coutume courtoise(63) dégénérée et mondaine. Un dicton populaire(64) rappelle qu'offrir cette fleur en Mai apporte la discorde ! La beauté de ses clochettes blanches masque une dangereuse toxicité. Elle dégage une odeur ordinaire de lilas dont se servaient les galants. Il y a des siècles, la légende voulait qu'un

(61) Prénom composé de « Phil et de *Lipa* » signifie « travailleur et « chercheur de la pierre précieuse ». Alchimiste par son préfixe d'origine ancienne « *al* » signifie « chimie sacrée ».

(62) Voir l'ouvrage de Jean Markale - Le Christianisme Celtique - éditions Imago – pages 195 à 207 sur les survivances des usages du premier mai en France. (63) Courtois, s'entend selon la tradition de l'amour courtois des chevaliers du Moyen-Âge pour leur dévotion à „Leur Dame". (La Vierge Marie).

(63) Les régions lorraines germanophones, Luxembourg, Rive Gauche du Rhin et plus encore.

Le muguet

Fleurs d'églantier

Fleurs d'aubépine

Ronde autour de l'Arbre de Mai (Lancret)

cavalier jeta au-delà des murailles du château, au pied d'une jeune princesse, un bouquet de muguet, pour la charmer. D'où l'expression péjorative « mugueter », qui signifie tenter d'obtenir par galanterie les faveurs d'une femme. Nos sociétés agraires trouvaient ces moyens détestables et se méfiaient de ces jeunes galants, démunis de nobles intentions. « Mugueter » expression courante, illustre l'intention de « détourner du droit chemin », *verführen* en allemand. Dans ces temps, rester vierge avant son mariage était louable pour une femme.

Enfin, la jeune fille vertueuse, comme la « rosière », se voyait offrir une couronne de roses au mois de Mai. D'autres personnalités faisant l'objet d'éloges recevaient une couronne de chêne, vieille coutume celtique. « *Laubkranz* ».(65)

L'Arbre de Mai

La veille, au soir du Premier Mai, les villageois érigeaient au centre du village un tronc d'un sapin de grande taille abattu à la Noël dernier. Le sommet recevait divers rubans de couleurs avec la couronne de Mai confectionnée de branches de chêne ou de hêtre par les jeunes gens des associations dites de jeunesse. D'autres couronnes allaient décorer la porte du local du président de l'association ou celle de la maison du Maire du village. C'était l'occasion de ripailles.

Près du mat de Mai on veillait autour d'un feu puis on chantait et on dansait en se tenant la main autour de l'arbre pour symboliser les mouvements de la Terre et du Soleil. Cette coutume tombée en désuétude depuis le 19ième siècle, reste toutefois bien vivante en Forêt Noire, Bavière, Suisse et Autriche.

(65) C'est à la Saint-Jean-Baptiste, fête nationale luxembourgeoise que sont remisent les hautes distinctions de la feuille de chêne. Le pays est connu pour ses belles forêts.

Le vin de Mai est préparé dans les régions de l'Est de la France, au Luxembourg, en Belgique et en Allemagne, grâce à une petite fleur du début du mois, cueillie aux lisières des forêts : l'aspérule odorante, *Asperula Odorata* ou encore *Waldmeister,* la liqueur chère aux Allemands et Autrichiens.

Mai, la période des paradoxes

Le christianisme consacre le mois de Mai à la Vierge Marie par analogie* avec la pureté de la nature à cette époque et en réponse à la symbolique aquatique et protectrice des sources de la déesse Sirona.

Mai, d'humeur changeante, « astrologiquement » mutant, et surprenant comme un caméléon, réclame chaleur et eau, au plus fort de la cuspide conventionnelle du premier décan du signe du Taureau. L'aspect gémellaire de ce signe, c'est-à-dire sa double personnalité, conditionne les incertitudes du temps des travaux agricoles : eau, température etc... Le 21 Mai le Soleil entre en Gémeau, signe particulièrement gémellaire. Ses effets néfastes prennent fin à la Saint-Jean-Baptiste, quand le Soleil entre dans le signe du Cancer, signe lunaire et d'eau pour sceller la déchéance de la saison.

L'interdit de mariage en Mai, contrairement à l'idée reçue, n'est pas liée au culte chrétien de la Vierge Marie. Madame Véronique Guibert de la Vaissière écrit :

> « *L'interdit de mariage attesté de toute l'antiquité dans tout le pourtour méditerranéen, a subsisté jusqu'à aujourd'hui, et qui est encore respecté, comme en témoignent les traditions en Afrique du Nord et en Europe.* »(66)

(66)Thèse des « Quatre fêtes d'ouverture de saison en Irlande », Édition Armeline apporte une réponse à ce sujet, page 316.

Pour résumer l'auteure : il s'agit d'une solidarité cosmobiologique de la femme avec la terre en ce mois où tout pousse et croît, au regard de la pureté sexuelle des jeunes pousses, à une époque de l'année où la nature risque d'épuiser ses forces. La pureté des jeunes vierges serait garante de la fécondité de la nature.

Rappelons à ce sujet que le mariage celte représentait avant tout un contrat d'association agraire, contracté pour une ou plusieurs durées annuelles. Par conséquent, Mai n'est pas l'époque favorable au mariage et il est par ailleurs encore réputé pour ses orages, comme les mois d'Août et d'Octobre également dédiés à la Vierge Marie. En cette période, Saint Donat, le 24 Mai, est invoqué contre la foudre. Proche du germanique *Donner,* Donat signifie le tonnerre.

L'eau magique du mois de Mai, l'eau de la santé

Quelle source ne fut pas dédiée à une divinité celtique, voir romaine, pour son pouvoir de guérison ? De nombreuses légendes, évoquent les gardiennes de l'eau, reprisent par le judéo-christianisme. D'une manière générale, jusqu'au 19ième siècle les « bonnes sources », réputées pour leurs bienfaits, faisaient l'objet de vénération par le « culte des fontaines ».

> *« Si les femmes, en tant que genre, jouent un rôle prépondérant dans les traditions de Mai, parmi elles les jeunes filles occupent une place de choix. Il est notoire que bon nombre de coutumes doivent être respectées par elles, car elles leur sont réservées et concernent cette catégorie de la communauté. Par ailleurs, il faut remarquer que les enfants, quand il en est question, sont assimilés à cette catégorie. »(67)*

(67)Véronique de la Vaissière - Les quatre fêtes d'ouverture de saison de l'Irlande ancienne aux Éditions Ameline. *Schloss* en allemand désigne un château ou une forteresse mais aussi une serrure.

L'eau tient une place privilégiée dans les mythes par le mystère de la vie que présente la femme intacte, vierge, défendue par un Dragon. Elle doit être conquise, entendons dans le sens noble du terme. (68)On retrouve ici le mythe de la conquête d'une forteresse et de ses douves ou contre une grotte défendue par une bête féroce.(69) Il est possible d'associer le pèlerinage à ces symboles. C'est une marche vers l'eau, soit la Vierge (Notre Dame) au départ d'un pôle positif vers un pôle négatif. (70)

Les jeunes filles au cours du culte païen des sources, faisaient toutes sortes de vœux que l'on pourrait traduire par des prières. Les campagnes héritèrent ces coutumes divinatoires propres au celtisme en faisant appel au sort comme à la Saint-Valentin.

Selon la sagesse populaire, c'est au mois de Mai que le mal « frappe » le corps après avoir cherché son point faible en Mars puis en Avril. L'organisme lutte et conserve ou non la santé ou la vie comme un dernier combat. Sinon celui-ci est reporté au mois de Novembre celtique. (71)

Le Christianisme à ses débuts en Gaule fut confronté aux masses populaires païennes « celles des champs ». Les paysans refusaient la doctrine chrétienne mais retenaient leurs saints protecteurs. La peur engendre parfois de telles contradictions.

(68)Ce mystère a été dévoyé par les nombreux écrits et films soit disant « romantique » où la femme est l'objet d'une cour effrénée à des fins peu louables.
(69)Henri Dontenville – Mythologie Française aux Éditions Payot.
(70)Toutes les traditions apportent un même sens à l'acquisition pour l'eau salvatrice, celle qui apporte ou assure la Vie. Dans la tradition islamique, au cours des rites liés au Pèlerinage de La Mecque, on retrouve « La Course Septuple (*Say's*) d'un pôle positif (Safâ), une pierre, vers un pôle négatif (*Marwa*) une source, en mémoire d'Agar, la servante d'Abraham qui lui donna avec l'autorisation de Dieu un fils, Samuel, Devenue arrogante envers la femme légitime d'Abraham, Dieu la punit en la renvoyant dans le désert avec son fils. L'eau vint à manquer, elle du courir vers la source qui jaillit du rocher de *Marwâ*. L'expression « faire le siège d'une femme, ou qu'une femme soit une forteresse à prendre reflète la dégénérescence (moderne) de la tradition romane.
(71)Véronique de la Vaissière - Les quatre fêtes d'ouverture de saison de l'Irlande ancienne aux Éditions Ameline.

Les premiers évêques intégrèrent certaines croyances païennes par l'assimilation de génies païens aux saints chrétiens. Ainsi retrouvons nous souvent « l'association » de la Vierge Marie et de Saint-Michel : Marie patronne vigilante de la nature, celle du mois de Mai, des sources etc. et Saint-Michel archange combattant le dragon, celui-ci incarnant le mal ou le démon. Saint-Laurent protège les récoltes et les moissons des inondations et du feu etc. Or, le dragon n'est pas mis à mort par l'Archange Michel, il est simplement mis en échec par la lance de l'archange. La mort du dragon aurait rompu la dualité positive et l'équilibre du monde. C'est l'histoire qui tua le dragon. En revanche, le christianisme prétendait que le mal était vaincu.

L'église a institué tout un « arsenal » de saints protecteurs contre des maladies diverses : les saints sauroctones* combattent les démons des eaux, les saints auxiiaires * toutes les maladies et enfin les saints liés aux Rogations, trois jours de procession pour le bien des semailles. Le troisième jour, le dragon figurant sur les bannières devait être détruit ou jugulé. La liturgie catholique apparaissait dans les moments les plus dangereux pour la santé et le bien de l'agriculture, tel le culte toujours actuel de Sainte Radegonde, Reine de France protectrice de nos moissons. Le joli mois de Mai est le plus important de l'année et le plus inconstant. Aux époques lointaines les fleuves sortaient subitement de leur lit pour inonder les semis ou encore l'action désastreuse d'un gel tardif, de la grêle, du vent etc... La paysannerie était en guerre permanente, alors que ce mois de Mai terrible nous est présenté aujourd'hui sous son meilleur jour.

Le passage de la mauvaise saison à celle de Mai représente comme toute transition une période de chaos possible, qui se résorbera au cours de la montée en plénitude de l'Été jusqu'à son apogée à la Saint-Jean-Baptiste. Sur la base de l'expérience ou des traditions millénaires, les anciens se préparaient à « traverser » ces périodes de turbulence, sans avoir observé quotidiennement les comportements de l'eau et du vent. Les eaux de ce mois, qu'elles coulent, qu'elles tombent ou qu'elles stagnent, sont chargées d'un magnétisme ou d'un pouvoir « magique » pour la santé. Observer l'eau permet de prévoir le temps à venir, s'il est favorable à la pêche par exemple. Les pêcheurs le savaient bien. Aussi ce mois est favorable à la divination, à la magie, alors qu'à la vigile de la Saint-Jean on accordera plutôt une attention particulière à la nature, aux plantes notamment, au moment de son crépuscule. A ce bref instant, les variations secrètes de la lumière agissent et se révèlent aux plus sages.

Quelques citations :

« Mai frais et mouillé remplit tonneau et grange du paysan »
« Pluie de mois de Mai, tombe sur moi afin que je pousse. ».

« Dans le pays messin, l'eau du 1er Mai dite « eau nouvelle » préserverait des fièvres ; on en donnait aux animaux domestiques pour leur éviter toutes les maladies; on en aspergeait les habitations et les écuries. Cette vertu caractérisait ce jour-là n'importe quelle eau courante en Alsace où « de celle-ci et de là », encore en 1930, des filles allaient se laver de bon matin le 1er Mai ou le Dimanche de la Pentecôte dans le ruisseau voisin pour conserver leur beauté et se protéger de toutes les maladies. Comme pour certaines herbes, la vertu magique de la période ou d'un de ces jours renforçait l'eau et la puissance de certaines sources ou fontaines déjà sacrées à des titres divers aussi... celle de Saint-Jacques à Saulieu, afin de se préserver de la fièvre toute l'année. » (72)

(72)Véronique de la Vaissière - Les quatre fêtes d'ouverture de saison de l'Irlande ancienne aux Éditions Ameline.

« Au cycle de la croyance que la pluie de Mai est bienfaisante ; en pays messin pour les cultivateurs, quoique bienfaisante pour les vignerons, qu'une croisette de bois placée le 3 Mai sur votre fontaine et votre fumier vous fera avoir de l'eau toujours saine et fertile. Tandis qu'à la Saint-Jean : les eaux stagnantes des puits ou des réservoirs naturels et toutes les eaux courantes possèdent la veille et le jour de la Saint-Jean une puissance magico-médicale en soi, sans bénédiction préalable par un prêtre, ni récitation de l'hymne au saint, ni supposition qu'elle provient d'un baptistère ou dépend d'un génie local terrestre ou aquatique. »

Le texte ci-dessus justifie en quelque sorte nos dictons à propos de l'eau bénite de la Pentecôte, meilleure que celle de la veillée pascale.

Le culte des eaux

Une hauteur, une montagne ou un arbre correspondent à l'élément masculin, l'époux d'une union sacrée avec l'élément liquide. Outre le culte des sources, les sociétés celtiques pratiquaient celui des arbres, des cavernes, des gouffres, etc. Belenos fut le dieu des sources chaudes et Sirona le dieu des sources marmonnantes sous la mousse des bois. Saint Martin et la Vierge Marie prirent le relais. La grotte de Lourdes et la source miraculeuse du Mont Saint-Odile en Alsace sont des lieux miraculeux.

Dans l'antiquité le pèlerin pouvait se libérer de ses vœux par de seules offrandes. Les fontaines et les puits celtiques abondaient de pièces et constituaient de véritables trésors. La profanation des fontaines et des forêts allait déclencher la sanglante Guerre des Gaules. Plus tard les évêques poursuivirent cette même lutte contre le culte des eaux si cher aux paysans.

L'eau résorbe le magnétisme qui existe partout et en toute chose. La consécration de l'eau par le prêtre commence toujours par l'exorcisme de cet élément pour chasser toutes les mauvaises influences. Pour ce faire, il fait   le signe de la croix et bénit les éléments en faisant passer son propre magnétisme en eux. Il chasse ainsi les mauvais sentiments et les mauvaises pensées. Le sel contient du chlore que l'eau sait dissoudre. L'eau en combinaison avec l'élément igné, le sel c'est à dire le feu, possède la grande faculté purificatrice.

Conclusion du cycle de Mai

Les ouvrages d'Henry Dontenville à propos de la mythologie et de Guy-ÉdouarPillard sur « Le Vrai Gargantua ».(73) nous font rêver pour les paysages qu'ils font naître dans nos esprits, grâce à l'authenticité de leurs productions, sans adjuvant ni conservateur.(74) Ils ouvrent en fait notre conscience sur le combat qu'ont livré nos ancêtres pour survivre.

Alors que nos contemporains attribuent au dérèglement d'un système naturel les tribulations atmosphériques, nos ancêtres lointains les attribuaient à des forces du mal telles que les géants, les dragons ou encore à des forces aquatiques souterraines diaboliques. Il fallait que ces hommes matérialisent ces éléments pour lutter. Dans les deux cas de figure anciens et modernes reportent sur eux la responsabilité morale de ces situations.

Nos ancêtres imaginaient des profils monstrueux à l'origine de leurs déboires : un dragon avec sa cour de reptiles etc... Il leur paraissait évident de s'en remettre à des forces supérieures divines pour combattre ces monstres en invoquant

(73) Guy-Édouard Pillard – Le Vrai Gargantua – Mythologie d'un géant-Imago.
(74) Henri Dontenville – Mythologie Française – Payot.

d'autres forces des ténèbres contraires. La mythologie du combat entre les forces du bien et du mal est devenue les thèmes favoris de nos films fantastiques.

Le combat par l'observation des éléments est pédagogique et permit à nos anciens d'identifier le bien et le mal dans la nature : méthode labourage et plantation de haies afin de canaliser l'eau des fortes pluies, trouver les herbes qui soignent et soulagent et les sources quasi miraculeuses, etc. Tous ces cadeaux de la nature pour leurs bienfaits naturels revenaient aux libéralités de « génies des lieux » tantôt généreux tantôt dangereux ou encore par des couples d'une dualité positive : par exemple Grannus et Sirona, Apollon et Diane (Rosemerta pour les Gaulois) : dieux solaires et déesses lunaires. Ces couples divins aux actions complémentaires maîtrisaient l'équilibre entre le chaud et le froid, l'humide et le sec, et détenaient le pouvoir de régulariser les saisons, clef de l'agriculture au moment où les jeunes pousses d'un matin précoce de Mai risquaient de périr sous les effets néfastes du dragon.

Depuis le siècle dernier l'homme peu à peu éloigné de sa terre s'est déconnecté de la nature. Ce phénomène marqua la rupture des traditions et le tarissement de la source de la connaissance de la terre pour une connaissance sèche de notre environnement. Pourtant nos villes et nos villages ont ouvert leurs portes à la verdure sous des formes diverses, de parcs, de pelouses, de jardins d'agrément, d'arbres etc. Hors de nos agglomérations, la condition de la nature est diversifiée entre les parcs naturels protégés et les zones industrielles et leurs friches, entre les chemins naturels et le macadam, une agriculture artisanale et l'industrie agroalimentaire etc. Les belles terres riches, nos maraîchers aux portes des villes, nos jardinets etc. disparaissent peu à peu, sacrifiées pour des projets d'aménagement de plus en plus nombreux. Notre pays est placé sous le contrôle d'un « aménagement du territoire » et des plans locaux d'urbanisation etc.

La peur ancestrale des sursauts de la nature semble resurgir de nos jours avec ses angoisses et ses délires apocalyptiques excessifs. Nous sommes invités à modifier nos comportements en nous rapprochant de la nature par un ressourcement : la pratique des marches en groupe dans nos forêts et dans nos massifs sur des parcours fléchés par exemple. Le vélocipède a conquis les crêtes s'appropriant les chemins de randonnées, sans compter les débordements touristiques. Hélas c'est en consommateur selon notre conditionnement actuel, que nous traversons la nature sans nous y arrêter vraiment.

La nature, quoique fasse l'homme, reprend toujours ses droits. Elle est généreuse et terrible à la fois. Elle permet à l'homme de vivre de ce qu'elle lui offre. L'homme l'exploite-t-il de façon excessive par la monstruosité industrielle ? Elle reprendra son capital avec ses intérêts. L'enfant sur la plage construit des châteaux de sable, mais la marée montante reprend ses droits et le château aura totalement disparu. Construira-t-on une digue, la mer se déchaînera contre cette barrière. La nature aime l'ordre et reprend toujours ses droits.

« Dieu règne tant sur le monde de la lumière que sur celui des ténèbres » (75)

La nature mène elle-même un combat afin de maintenir l'équilibre naturel. La dualité s'exerce en toute chose dans notre univers. Ce que nous appelons le mal et le bien dans la nature ne doit pas donner un écho moralisant à nos oreilles contemporaines. De bonnes herbes soignent et guérissent et d'autres donnent la mort ou la maladie. La prise en excès d'une

(75) Ânandâ K. Coomaraswamy – La doctrine du sacrifice.

bonne tisane peut nuire à notre santé ou nous apporter certains désagréments. La médecine utilise certains poisons en dose scientifiquement pesées pour combattre le mal. Le mal dont il est question ici sont les déchaînements des éléments naturels conséquents à leur dualité : les forces expansives et compressives n'ayant pas trouvé leur équilibre. Ce combat est à l'image d'un Hiver qui « refuse » de céder sa place au Printemps. A ce moment-là, l'homme risque de perdre son propre équilibre et de sombrer dans la maladie ou même la mort ou encore subir des dégâts causés par la nature nourricière : froid, gel, inondation, sécheresse, trop d'eau ou pas assez d'eau etc...

Nos sociétés protégées par toutes les assurances, soumises à l'industrialisation de l'agriculture et à la distribution alimentaire, ont donné la priorité aux combats sociaux et sociétaux et aux batailles idéologiques plutôt qu'aux combats pour la survie et le bien commun.

Les moyens de communication modernes ont réduit l'espace et ont généré l'accélération fulgurante du temps, la surconsommation et la surproduction et des angoisses qu'aucune assurance » n'ose garantir.

Si l'incendie et l'inondation sont « payés » par nos assureurs, le malheur n'est pas pour autant annulé. Les anciens conservaient dans leur conscience la lutte de leurs aînés contre les déchainements de la terre : l'Hiver et le froid, le Printemps et les inondations, l'Été et la sécheresse et l'Automne pour le ver dans les récoltes. La visite d'un écovillage nous émeut pour son authentique rusticité des fermes et des outils de labeur. Et nous rêvons du bonheur d'être à la campagne, de cultiver « notre terre », de faire note pain etc... du retour aux sources sur réserve d'une connexion internet.

La Fête Dieu, apogée de la nature

Cette fête religieuse catholique, particulière par sa liturgie exceptionnellement extérieure, verdoyante et fleurie, rappelle quelques rites lointains de l'ère préchrétienne tel que le faste du « Cortège du Graal ». On retrouvera également dans cette cérémonie un substrat celtique par la présence de l'arbre sur son parcours. Cette fête religieuse a lieu soixante jours après Pâques. C'est donc une fête de Mai et se rapproche de la fête du Druide du 1ᵉʳ de ce mois. La Fête-Dieu, fête du Saint-Sacrement, *Corpus Christi* ou encore nommée Solennité du Corps et du Sang du Christ, est célébrée le jeudi qui suit la Trinité. Cependant en France, elle est célébrée au Dimanche suivant leur jour initial du Jeudi.

Instituée le 8 septembre 1246 par le pape Urbain IV, ce ne fut néanmoins qu'en 1312 au concile de Vienne que la célébration de la Fête-Dieu devint générale, accompagnée de processions publiques en grande pompe à travers les rues, l'hostie sainte portée dans une monstrance magnifique dorée rappelant le Soleil. Cette belle fête avec tout son éclat égayant villes et villages en ce début d'été est délaissée de nos jours.

Fête Dieu en Bretagne début 20ième siècle

Les villages à cette occasion étaient richement décorés de nombreuses fleurs et plantes par les paysans et par une haie majestueuse d'arbustes fraîchement coupés, bordant les deux côtés du parcours de la procession. Les villageois « mayaient » les rues, mot est lié à Mai.

De très bonheur, on se rendait dans les jardins cueillir un maximum de fleurs élevées à dessein de la Fête. Quel merveilleux moment en ce Dimanche matin de Juin, sachant que l'on n'y travaillera pas cette fois-ci. On prenait soin tout particulièrement des belles pivoines « sang », que l'on posera dans un vase sur une fenêtre. D'autres auront soin de détacher soigneusement les pétales pour remplir les paniers des enfants qu'ils porteront à leur coup à l'aide d'un joli ruban. D'autres pétales de fleurs parsemaient le chemin de la procession. Tout au long de celle-ci, les enfants se retournent à intervalle régulier, dans un même mouvement d'ensemble, et lancent une poignée de pétales sang en direction du Saint Sacrement tenu saintement par le prêtre sous un dais porté par des hommes du village. Le cortège traversait le bourg sur un parcourt bien précis. Les communiants de l'année et de l'année passée revêtaient à cette occasion leurs beaux habits de lumière. Venaient ensuite les pompiers, la chorale puis les fidèles.

Le circuit comportait quatre stations, symbolisant les quatre points cardinaux. À ces points d'étapes, des familles avaient préparé un reposoir richement décoré de fleurs de jardin, des objets de piété et du beau linge de maison. Le prêtre déposait sur cet autel d'un instant l'ostensoir. S'en suivaient prières, oraisons et bénédiction. Puis le cortège repartait sous les cantiques, jusqu'au reposoir suivant. Les concours des maisons de village les mieux fleurie de nos temps actuels restent fades à côté de la splendeur de la Fête Dieu.

Dicton populaire :

« *Tant de jours de pluie avant la Fête Dieu, tant de jours de pluie après encore.* »

Tapis de fleurs pour la Fête Dieu à Saarburg en Rhénanie (2008)

La fenaison

La Saint Jean Baptiste, fête solsticiale

Henri Dontenville dans la Mythologie française rappelle que les feux de la Saint-Jean furent souvent interdits par l'église après le Concile de Trente alors que cette tradition gauloise fut reprise par l'évêque de Trèves vers le 6ième siècle. Dontenville note encore qu'une roue enflammée fut jadis précipitée dans la Garonne à Agen du haut d'une colline. Selon d'autres témoignages, en 1565 à Épinal la même scène se déroulait vers la Moselle.(77) Dans le Jura d'autres manifestations sont encore dans les mémoires. Certains voyaient dans cette descente au soir de l'apogée du Soleil la chute même de cet astre. D'autres encore voulaient symboliser la chute du dieu païen Apollon et la victoire du christianisme sur le paganisme, comparable à la victoire sur le Dragon par Saint Clément, évêque de Metz. La Saint Jean Baptiste, au Solstice de l'Été se comprend qu'en perspective de la Saint Jean l'Évangéliste du Solstice d'hiver, le 27 décembre.

(77) Éditions Payot - janvier 1988, page 113-114.

À la Saint Jean d'Été, le Soleil entre en Cancer, signe d'eau, et signifie le retour symbolique aux eaux primordiales. Il faut bien la mort du Soleil afin qu'il renaisse. C'est la loi qu'enseigne la doctrine universelle du sacrifice pour un renouveau.

L'hypothèse d'une origine indienne du rite a souvent été retenue. Or, les symboles sont universels. La société moderne veut croire qu'une « civilisation » emprunte aux sociétés traditionnelles leurs rituels et leurs croyances.(78)

Les arrêts solsticiaux sont analogues à ceux des arrêts cardiaques. Le signe du Lion domicile astrologique du Soleil symbolise justement le cœur et l'enfant, ici l'Enfant de Noël par exemple.(79)

La Saint Jean Baptiste, annonce le cycle descendant dans les profondeurs des « Eaux Inférieures », là où réside le Cancer ou l'écrevisse et où reposent tous les germes du renouveau. La Saint Jean l'Évangéliste, Solstice d'hiver, proche de Noël, marque en revanche le cycle ascendant vers les Eaux Supérieures, là où réside le Capricorne.

De tous les personnages du Nouveau Testament seul Saint Jean Baptiste possède un tel rapport intime avec les deux

---

(78)Civilisation, terme de jurisprudence civil date du 13ième siècle et signifiait « conforme aux usages ». Mirabeau en 1791 : « *ce qui rend les individus plus aptes à vivre en société. Processus historique du progrès – société caractérisée par son degré d'avancement etc... »* Le mot a été utilisé comme alibi moral et social dans le cadre des colonisations. Le terme a pris plus tard une connotation culturelle. L'expression « civilisation » date de la Révolution. Impossible à traduire en latin, il est entré à l'Académie Française en 1835. Ce mot, lors de sa création, désignait en fait la nouvelle « civilisation », c'est à dire un nouveau monde placé sur le principe du progrès matériel – René Guénon – Orient et Occident.
(79)Rien n'est hasard dans l'histoire du monde traditionnel ancien. Pourquoi se sont installés à Contz-les-Bains en Lorraine les Hospitaliers affiliés à l'Ordre des Chevaliers de Saint Jean ? Est-ce le lieu marqué par cette très ancienne tradition de la « Roue en Feu de la Saint Jean » qui, sous l'impulsion de Peter von Kues (probablement lié au Cardinal de Cues auteur de la Docte Ignorante), favorisa leur installation à cet endroit ? Ou bien serait-ce l'inverse ? Nous ne croyons pas à cette dernière alternative, sachant que c'est la géographie sacrée qui commandait dans le monde ancien l'établissement de communautés d'ordre spirituels et non pas seulement des choix d'ordre purement contingent, à tel endroit qu'à un tel autre.

solstices. L' Ordre des Chevaliers de Saint Jean rassemblait l'ensemble des véritables enseignements initiatiques du monde occidental. Placé sous le patronage précurseur du Christ sa relation avec notre fin de Cycle est évidente et incontournable.(80)

Nûn, la 14ième des 28 lettres de l'alphabet arabe rappelle le demi-cercle d'une arche renversée dans laquelle apparaît un point central. Elle symbolise le Soleil couchant, celui du Solstice d'été. L'arche flotte sur l'eau et renferme le germe. *Nûn* signifie poisson en arabe, symbole du renouveau. La lettre sanscrite *Na*, analogue à *Nûn*, également représentée par un demi-cercle en position inverse. Elle symbolise les Eaux supérieures et son centre reprend également un point. L'assemblage des deux lettres forme le symbole égyptien du Soleil, soit un cercle avec son point centrale : . Symbole de la Roue en feu de la Saint Jean ?

La constellation du Cancer entre dans le Soleil à la Saint Jean le 23 Juin. Le signe astrologique du Cancer représente graphiquement parfaitement la part descendante associée à la part ascendante du cycle et du germe à l'état de demi-développement.

Le 24 Juin se situe très exactement au milieu de l'année solaire, à six mois de la veillée de Noël, au 24 Décembre, lorsque le Soleil sera au plus bas de l'hiver. Ces deux moments de l'année sont deux points dans l'espace qui paraissent en opposition et pourtant ils se succèdent continuellement.

« Il faut que l'un décroisse afin l'autre croisse » ou encore comme le disaient les anciens, *« Il faut que l'un meurt afin que l'autre naisse »*.

(80) Et ce n'est toujours pas par hasard qu'aux environs de Kues près de Berndkastel sur les bords de la Moselle en Allemagne, entre Trêves et Coblence, se déroulait également à la Saint Jean Baptiste un rite identique à celui de la Roue Enflammée de Contz. Et ce n'est toujours pas par hasard que le même personnage place l'écrevisse, symbole du signe astrologique de l'entrée du Soleil en Cancer (21 juin), dans ses armes.

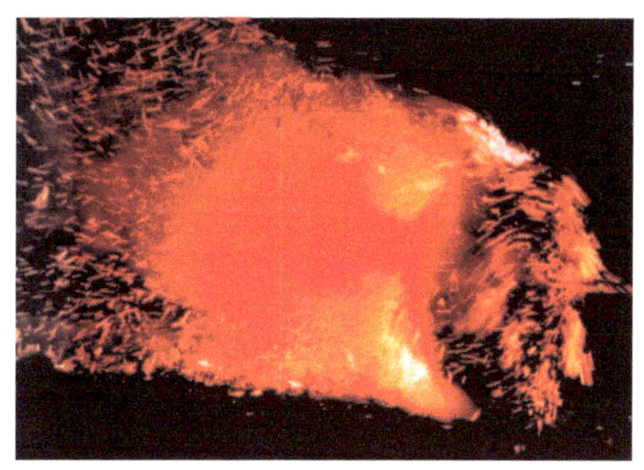

Le « précurseur » du Christ fut décapité, afin que le nouveau Soleil, naisse. La roue en feu dans sa descente vers les eaux tournoie comme la tête du décapité. Les anciens clamaient : « *La tête décapitée tournoie et devient vase de la Soma* », breuvage de la vie. *Kapâla* traduit Tête en sanscrit, comme la *coupe* en français, le vase recueillant le breuvage sacré ou encore le vin divin.

Parmi les nombreux symboles du renouveau on relève celui de la décapitation de Louis XVI.

La Canicule, c'est inscrit dans le ciel...

Pantagruel fils de Gargantua, né le 25 juillet au jour de la Saint Christophe, est souvent représenté en compagnie d'un chien ou d'un loup. Il fait partie des saint auxiliaires chasseurs de démons et patronne les passeurs de fleuves ou de rivières. L'eau symbolise le passage d'un monde à l'autre et d'une saison à l'autre. À la Saint Christophe le Soleil entre dans la constellation du chien et coïncide avec la crue du Nil de l'ancien nouvel-an égyptien. À ce moment de l'année, le Soleil entre dans le signe du Lion, celui du feu et plus précisément dans la constellation du Chien, celle de la Canicule. Avant le Lion, le Cancer entrait dans la saison sèche et chaude au Solstice d'Été, apogée du Soleil et début de la lente dégradation de la « bonne saison ». À la canicule quand apparaît la constellation du Chien, l'Été s'abîme alors progressivement jusqu'à l'ouverture de l'Automne lors du passage du Soleil dans la maison VI du Signe de la Vierge. Saint-Michel, saint successeur du dieu Mercure, décidera alors du sort de l'Hiver à venir.

Avant de prendre le chemin de Noël, les Ânes, de la constellation du même nom, favoriseront la sortie de la canicule, période de sécheresse amplifiée par la « froide » sécheresse de Saturne. Tout se joue dans la Maison IV du signe du Cancer, domicile de la Lune et de l'eau, si Jupiter son allié le favorise. Et c'est ici que se trouve la clef de l'astrologie philosophique.

Le graphisme du Cancer du zodiaque évoque deux têtards, il s'agit en fait de deux serpents en pleine dualité. Selon les conventions de l'alchimie les serpents sont analogues aux dragons. Ils combattent leurs illusions nées de l'Été d'un Soleil brûlant, qui n'a pas su maitriser ses passions par orgueil. Entré à son domicile, la maison V, son graphisme le représente par un serpent vainqueur d'un autre. Après avoir vaincu sa dualité il gagne le retour à l'unité par une victoire sur lui-même. Cette dernière lui apporte en maison VI, du signe de la Vierge, le fameux Mercure des alchimistes si bénéfique à la Terre, encore symbolisé par l'épée de Saint Michel. Le graphisme de la Vierge le démontre parfaitement : « quatre pattes » c'est-à-dire les quatre éléments de la Terre. La traversée de ces trois maisons astrologiques résume schématiquement la « Marche de l'Écrevisse » (Cancer) non pas vers la mort, que symbolise généralement le signe de la Vierge, mais vers sa régénération.

Schéma théorique de la Canicule

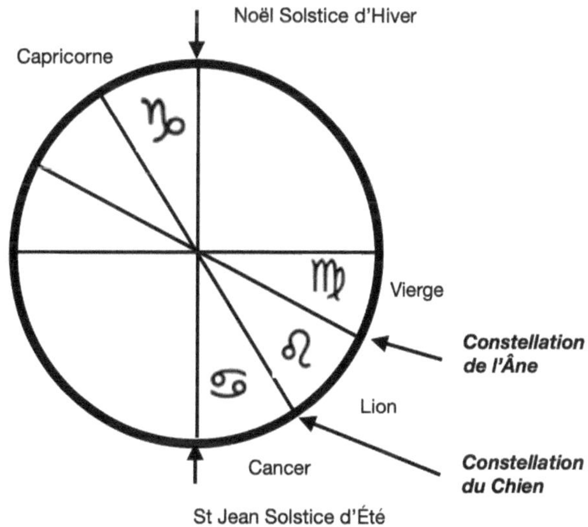

Le cycle automnale celtique

Le Quinze Août et l'Assomption et la fête du roi

Cette fête catholique, héritière de la fête celtique de *Lugnasad*, la fête du Roi, des récoltes et des foires. Aux vêpres de cette fête carillonnée fériée, les enfants recevaient un énorme bouquet bien rond, composés de légumes séchés : oignons, ails, céréales, etc... Béni par le prêtre il prenait place dans une pièce de la maison réservée aux récoltes.

La composition du bouquet variait selon chaque village. Des plantes, aromatiques ou médicinales, pouvaient y figurer et faire l'objet d'une autre composition spéciale destinée par exemple à la protection de la maison. Dans le cas d'un orage violent, le maître de maison jetait dans le feu une plante séchée qui convenait aux circonstances comme protéger l'écurie, guérir ou alléger les souffrances de la maladie. Chez les plus pauvres, ce genre de bouquet pouvait faire office d'oreiller mortuaire. Brulé après la veillée, il emportait ainsi les mauvaises influences restées dans la maison.

L'entrée dans le signe de la Vierge, gouvernée par la planète Mercure, symbolise le savoir, la médecine, la communication etc... Elle est placée sous le signe des récoltes, de la poussière, de la mort et de la fin de la saison avant la nouvelle année, prévue au 1er Novembre, la fête celtique de Samain.

L'entrée du Soleil dans le signe de la Balance signifie aussi les comptes et les bilans. C'est le temps des fêtes patronales, des foires automnales, on y vendait le fruit de son travail. Certaines entreprises clôturent leur année sociale au 30 Septembre.

Enfin l'Assomption fêtait également la fête du Roi de France.

Gromperemount - Le temps des récoltes

Saint Michel vainqueur du démon. À gauche, le Mont Saint Michel au 15!ème siècle.
Heure de Pierre II de Bretagne - Copie selon Robert Lanz dans « Les fêtes des France
« par Maurice Wloberg - Arthaud 1942

La Saint Michel le 29 Septembre

À l'approche de la Saint Michel il est possible à la tombée de la nuit et si le ciel le permet, d'assister au passage de météorites. Selon la légende, Saint Michel rend à notre organisme le fer perdu au cours d'un Été caniculaire dévoreur d'éléments minéraux vitaux. L'archange nous invite à nous armer contre les épreuves de l'hiver à venir.

*

Saint Michel terrasse avec sa lance le dragon mais ne le tue pas. Cette figure comparée à tort au « démon » symbolise les quatre éléments en action: la terre, l'eau, l'air et le feu qu'illustrent ses ailes et le feu sortant de sa gueule. En effet sans le dragon la vie ne serait pas possible. En revanche, abuser de générosité serait tout à fait néfaste et freinerait toute activité spirituelle. L'archange tient une balance afin d'illustrer l'équilibre qu'il convient d'adopter entre matière et esprit. Comme Saint Christophe et Saint Blaise, Saint Michel accompagne les âmes d'un monde à l'autre dans leur traversée de la vie imagée par le fleuve, selon la mission des saints sauroctones*. (81)

Certains monts mythiques d'origines celtiques, dédiés au dieu de la lumière Bélénos, furent dévolue plus tard à Mercure, dieu romain du feu et de l'eau. C'est le cas du Mont Saint-Michel en Normandie, d'abord nommé Tomblaine, la Montagne de Bélénos, le radical *Blaine* désignant la lumière).

À la Saint Michel les contrats de louage de service, d'affaires liées aux fonctions de l'état s'achèvent ou sont renouvelés comme la nomination des nouveaux curés. À cette date, les récoltes doivent être engrangées sauf à les exposer au jaunissement rappelle la sagesse populaire. Le retour à la chandelle reprenait à cette date. Fête non carillonnée, mais précédée d'une vigile, le maître de maison à cette occasion conviait ses journaliers et ses domestiques à un repas au soir : le « réveillon » au cours duquel on se régalait avec un rôti de porc.

Locutions populaires :

L'Été de la Saint Michel signifie Été tardif.
Si les hirondelles ne partent pas avant la saint Michel, il n'y aura pas d'hiver avant Noël.
Si la saint Michel apporte de la pluie, l'hiver sera rude.

---

(81) Saints sauroctones*. Leur mission est de combattre les démons des eaux.

Dessin de Michel Demart dans «*An der Zäit Doënnen*» de Fränz Frising

Conclusion

Dans les années 1950, le monde rural se montrait toujours attaché aux saints protecteurs, certes avec la « foi du charbonnier ». Le calendrier liturgique représentait en quelque sorte le catalogue de tous les recours. L'Église « centre du village et de la vie sociale » représentait un lien fort en cette fin du monde agraire, où le curé conservait toujours son autorité par la parole. La sortie subite, quasi brutale de l'ère agraire surprit le monde paysan. La ruralité par sa condition ne représente que l'immense glacis des grandes villes. La révolution agraire a modifié le paysage. Les remembrements ont gommé bosquets, haies, chemins pédestres et sentiers. Les antiques appellations des nombreux lieux-dits ne figurent plus sur le cadastre, qui fut le grand livre de la mémoire rurale. Les gués, attachés à une fée ont disparu sous les charges explosives des travaux de canalisation des cours d'eau. La physionomie de nos campagnes a modifié la nature, le paysage et par conséquent la conscience de l'homme. Les paysans furent écologiste depuis toujours avec le plus grand respect de l'eau.

Si le sport représente une activité relativement nouvelle depuis, certes salutaire pour la santé, sa pratique dans la nature et particulièrement en forêt ne peut conduire au fameux « ressourcement » ni à une reconnexion avec notre univers, hormis quelques sports à caractère extrême dans un environnement « sauvage » telle que la mer ou la haute-montagne. Le rapport l'être avec la terre généreuse en plaine ou en plateaux exige un contact physique avec le végétal et l'eau. De ce labeur devrait naître une saine activité intellectuelle par l'enseignement qu'il comporte.

Lexique

Banshee

Traduction en irlandais des Dames Blanche et *ban* = blanc, *shee,* celles sous entendu les dames.

Le fondement du symbolisme et la loi de correspondance

Le symbole est la mise en correspondance analogique de principes métaphysiques, qui président à toute action ou à toute loi dans notre univers. Ils peuvent se concevoir sous diverses formes : par une figuration visuelle ou sonore (musique et sons). Une scène de danse ou de théâtre, par ses figures, sa musique et l'expression des danseurs ou des acteurs peuvent être symboles ou rites. Un rite est donc un symbole en mouvement. Les symboles les plus courants sont généralement matérialisés par des tracés géométriques.

L'analogie

Un symbole est l'exemple même de l'analogie de ce qui est comparable. La vérité supranaturelle ou la pensée métaphysique étant inexprimable par le langage, seul le symbole peut l'exprimer par une figuration selon la « loi de correspondance ». De ce fait il agit en permanence. Méditer un symbole élève vers cette vérité qu'il « symbolise ». Son renversement éloigne de la vérité et la retourne selon la définition de l'analogie inversée et devient maléfique.

L'analogie inversée

« Le point le plus bas est comme un reflet obscur ou une image inversée du point du plus haut, d'où il résulte cette conséquence, paradoxale en apparence seulement, que l'absence la plus complète de tout principe implique une sorte de contrefaçon du principe même, ce que certains ont exprimé, sous une forme théologique, en disant que Satan est le singe de Dieu » René Guénon dans son avant-propos au « Règne de la Quantité et des Signes des temps .

Le signe du capricorne au sommet du zodiaque symbolise la froideur de l'Hiver. Il se reflète, à son opposé le signe du cancer, signe d'eau, de chaleur et d'euphorie de l'Été au Solstice. Les signes astrologiques du zodiaque s'opposent de cette manière et se reflète en quelque sorte l'un dans l'autre. C'est le propre de l'analogie inversée.

Saints auxiliaires

Les saints auxiiaires * au nombre de 14 sont nommés également saints auxiliateurs furent tous martyrs sauf Gilles. Ils intercèdent à la guérison d'un membre ou d'un organe du corps humain et chassent les démons à l'origine du mal. Fêtés globalement le 8 Août, chacun conserve néanmoins son propre jour de fête.

Devant l'enracinement profond du paganisme en Gaule, la majeure partie des saints auxiiaires * y furent envoyés par le pape afin de fortifier l'entreprise de christianisation entreprise.

1 **Blaise**-médecin-gorge épine, arête

2 **Georges**-militaire-gale, eczéma, herpès
Georges, saint patron de la chevalerie combat le Dragon. (Le nom George est un dérivé de dragon)

3 **Érasme**-évêque-ventre, peste, choléra

4 **Pantaléon**-médecin-cancer, tuberculose, sida

5 **Guy** (*Vit*)-médecin-maladies nerveuses, agités
*Guy en germanique **Vit**, patronne la ville belge de Saint-Vit. Il guérit des maladies nerveuses et des agitations. Il est fêté lors de processions dansantes, comme celle d'Echternach au Luxembourg à fortes traditions celtiques.*

6 **Christophe**-passeur-mort subite, peste.

7 **Denys**-décapité par Vaérien-possession diabolique.

8 **Cyriaque**-préfet-articulations, membres, rhumatismes

9 **Acace**-soldat-mort, migraine, tête

10 **Eustache**-général-feu, foudre

11 **Gilles**-ermite-panique, frayeurs, délire, folie

12 **Marguerite**-vierge-femme enceinte-Préfet Olibrius

13 **Barbe**-vierge-mort subite, foudre, feu

14 **Catherine**-vierge-mémoire, trouver un mari

Guy en germanique **Vit**, patronne la ville belge de Saint-Vit. Il guérit des maladies nerveuses et des agitations. Il est fêté lors de processions dansantes, comme celle d'Echternach au Luxembourg à fortes traditions celtiques.

*

Saints sauroctones

Leur mission est de lutter contre les démons généralement aquatiques, substitués aux dragons. Il existe une vingtaine de saints sauroctones :

Agricol, André, Antoine, Arédius, Armel, Bié, Bienheure, Colomba, Christophe, Die, Donat, Eloi, Front, Georges, Gordon, Hermentaire, Hilaire, Honorat, Jacques, Jean, Jouin, Loup, Marcel, Marguerite, Marie (la vierge), Marina, Marthe, Martial, Martin, Matthieu, Michel, Nicaise, Pavace, Philippe, Quiriace, Radegonde, Romain, Saturnin, Samson, Sylvestre, Suliac, Veran, Victor et Vigor. La Vierge Marie est souvent représentée foulant à ses pieds un serpent, mais ne le tue pas. Dans l'énoncé des saints sauroctones figurent Georges, Christophe, Cyriaque, et Sainte Marguerite, également saints auxiliaires.

Samsâra

Du sanskrit « le cours commun », s'agissant de la « rivière », il illustre le phénomène de la transmigration inéluctable de l'âme de corps en corps pendant la durée d'un cycle cosmique. Cette errance éternelle est tenue comme une grande source de souffrance par les hindous. Cependant, pour les fidèles de la *bhakti* (dévotion), un amour fervent de la divinité peut amener l'âme à interrompre ce phénomène de la réincarnation, Dieu l'accueillant dans son paradis dans son paradis.

Dans les grands courants métaphysiques comme le Vedanta, le yoga, etc., les fidèles pourraient réaliser leur propre salut par la connaissance et l'ascèse.

La réincarnation est symbole, l'hindouisme parle de délivrance.